文春文庫

命の交差点

ナースの卯月に視えるもの

秋谷りんこ

文藝春秋

目次

この作品は文春文庫のために書き下ろされたものです。

本文デザイン　野中深雪

DTP制作　エヴリ・シンク

命の交差点

ナースの卯月に視えるもの

主な登場人物

卯月咲笑（うづき・さえ）
看護師10年目。専門看護師を目指し、大学院に通っていた。患者の「思い残し」が視える能力を持っている。

遠野華湖（とおの・かこ）
看護師5年目。北口のプリセプターを務めていた。厳しい指導から、あだ名は〝根拠の鬼〟。

北口真央美（きたぐち・まおみ）
看護師3年目。丹羽のプリセプター。新人時代は遠野によく怒られていた。

丹羽柚花（にわ・ゆずか）
新人看護師。仕事を覚えるのが早く、優秀。

香坂椿（こうさか・つばき）
看護師長。病棟看護師の中で一番の上司。2年前に子宮筋腫が見つかり、手術をした。

九条豊（くじょう・ゆたか）
看護主任。病棟唯一の男性看護師。

御子柴匠（みこしば・たくみ）
前の看護主任。患者や家族、看護師からも人気の高いクールなイケメン。

山吹奏（やまぶき・かなで）
看護師7年目。卯月の元同僚。現在は訪問看護ステーションに勤めている。

1　これからも共に

「今日から長期療養型病棟《ちょうきりょうようがたびょうとう》で働くことになりました、丹羽《にわ》柚花《ゆずか》です。よろしくお願いします！」

新人が元気に頭をさげた。華奢《きゃしゃ》な体から、若いエネルギーがあふれている。窓から届く朝日に照らされ、初々しい笑顔がきらきらしていた。

ナースステーション内で拍手がわきおこる。

「今年度は、うちの病棟への配属はひとりなの。同期がいないぶん大変だと思うから、みんなフォローしてあげてね。じゃあ、今日もよろしくね」

病棟で一番の上司、師長の香坂椿《こうさかつばき》さんがハキハキと言った。師長さんは、いつも姿勢がよくきりっとしている。

ここ、青葉《あおば》総合病院は横浜市の郊外にあり、このあたりでは一番大きな病院だ。横浜駅から電車で三十分くらいの場所にあり、周囲には自然も多く環境がいい。入院病棟と外来があり、救命救急センターもあるし、手術の設備も充実している。訪問看護ステーションも併設されているから、地域との連携もしっかりしている。

私の勤める長期療養型病棟は、急性期を脱してからの療養に特化した病棟だ。在宅に向けてリハビリをしている患者さんもいれば、残された時間を穏やかに過ごしている方もいらっしゃる。死亡退院率、つまり病棟で亡くなる患者が、一般的な病棟では八％程度なのに対し、この病棟は四十％と言われている。

私は昨年度までパート勤務にしてもらって三年間大学院へ通い、がん看護専門看護師になるための勉強をしていた。先月無事に修了して、試験は今年の秋に控えている。勤務形態は、常勤に戻してもらった。

専門看護師とは、看護師のなかでも特定の分野を極めたスペシャリストで、全国にまだ三千人ほどしかいない。患者さんやご家族に質の高いケアを提供するだけでなく、チーム医療が円滑におこなわれるように調整したり、倫理的問題の解決に尽力したり、教育、研究にたずさわることもある。

この四月から私も心機一転、また新しいスタートをきる。

「おはようございます。日勤の卯月《うづき》です」

あいさつをしながら部屋を見てまわる。朝一番の見まわりは、バイタルサインの測定や部屋の安全確認、夜勤から受けた引き継ぎ内容のチェックなど、やることが多い。

「ご気分いかがですか？」

女性の四人部屋、入ってすぐ右側のベッドをのぞく。赤いチェックのかわいいパジャマを着た加納《かのう》さんは、ふっくらとした頰をしぼませて、ため息をついた。

「あんまりよくないわ」

加納優子《ゆうこ》さんは四十八歳の女性で、二月の寒い日、入浴中にヒートショックを起こし、脳内出血で倒れた。肥満傾向で高血圧もあったうえ、更年期による動脈硬化も重なっていて、かかりつけの内科医に生活習慣を改善するよう言われていた矢先だったらしい。

幸いすぐに旦那さんが気づいて、救急搬送され命に別状はなかったが、右の上下肢に軽度の麻痺《まひ》が残ってしまった。そのリハビリのために長期療養型病棟へ転棟してきた。

毎日リハビリに行っているけれど、しぶしぶといった様子で、やる気はない。体調を聞いても毎回「よくない」と言う。でも、バイタルサインは安定しているし、後遺症の悪化もない。

麻痺のないほうの左腕で血圧をはかりながら床頭台《しょうとうだい》の上をちらりと見やった。息子さんとのツーショット写真がいくつも飾られている。

「息子さんのところ、今は何時ですかね？」

加納さんは枕元の時計を眺めて、

「えっとね……十九時くらいね。夕ごはんを食べているくらいかしら」

と少し声を弾ませた。時計には【時差：マイナス十三時間】と書いた紙が貼られている。加納さんの元気がないのは、大学生の息子さんがこの春から語学留学のためにアメリカへ行ってしまったからなのだ。

「アメリカの食事って、カロリーが高そうよね。添加物も多そう。あの子は体が弱いから、本当に心配。それに、海外の女性って積極的な方が多そうでしょう？　変な女にたぶらかされないかしら……。あの子、繊細だから」

息子さんのことになると、加納さんが饒舌《じょうぜつ》になるのはわかっている。そうとう溺愛《できあい》しているらしい。

「心配ですか？」

「まあね。しっかりしているから大丈夫だと思うんだけど。心にぽっかり穴が開いちゃった感じね」

子供の成長は、親にとってうれしいことだと思うけれど、複雑な心境もあるのだろう。

血圧は問題なく、熱もなかった。

「じゃあ、何かありましたら、呼んでくださいね」

声をかけながらカーテンを出るとき、床頭台と反対側のベッドサイドに目をやる。そこには、うっすら透けた若い男性が立っていた。賢そうなさわやかな青年。

それは、加納さんの「思い残し」だ。加納さんがこの病棟に転棟してきたとき、すぐに視《み》えはじめた。

「思い残し」とは、私にだけ視える不思議な存在。患者さんが自分の死を意識したとき、心残りになっているものがうっすらと透けて現れる。白衣を着ているときにだけ視えるという、私の奇妙な体質だ。初めて視えたのは、もう七年前になる。

過去には「思い残し」に翻弄《ほんろう》されたこともあった。そこに視えるのは誰なのか、患者さんとはどんな関係なのか、気になって仕方がなかった。でも、「思い残し」を解消するよりも、目の前の患者さんのケアを丁寧におこなうこと。それが大切だと心に決めて、過剰《かじよう》に意識しないようにつとめている。

加納さんの「思い残し」は、息子さんだ。床頭台の写真と見比べれば一目瞭然《いちもくりようぜん》だった。自分が入院しているあいだに海外へ行ってしまったことを、さみしがっているのだろう。

「自分の病気の発症と、大事なひとり息子の海外留学が重なったら、落ち込むかもしれませんね」

遠野《とおの》がナースステーションで記録をつけながらつぶやいた。五年目になった遠野華湖《かこ》は、もともとしっかりした子だけれど、さらに知識をつけ視野が広がり、より頼れる看護師に成長してきている。

「そうだね。どっちも、人生の中の大ごとだもんね。自分が大変なときは、なるべく家族はそばにいてほしいって思っちゃうかもね」

「でも、息子さんには息子さんの人生がありますし。難しいですね」

「加納さんの場合は、命に別状がないってわかったから息子さんは予定通り留学に行ったんだろうね。誰かが病気になると、家族の人生もいやおうなく変わるでしょ。そういう意味では、予定を変えなくて済んだのはよかったんじゃないかな。息子さんの将来にも関わることだろうし」

「女の子だったら、留学取り消しになってたのかな、とかちょっと思っちゃいます」

ぼそりとした声に、首をかしげて遠野を見る。

「いや、加納さんの家がってことじゃなくて、一般的に、です。家族が病気になったとき、娘だったら勉強より介護要員にされそうだなって」

「ああ、そういうことか。たしかに、あるかもしれない。子育てと介護は女の仕事っていう考え方、現代でもなかなか抜けないもんね」

「男女に関わらず、子供が家のなかでケアラーにならなくて済む環境って、大切ですよね」

「うん。加納さんは在宅にもどる予定だし、地域医療としっかり連携して、安心して家で過ごせるように整えていこうね」

「はい」

専門看護師の試験に合格すれば、教育的に後輩を育成していく立場にもなる。スペシャリストとして、この子たちの成長の手助けができるようになりたい。

「あ、卯月さん。松岡《まつおか》先生きましたよ」

遠野が声をひそめて耳打ちしてくる。

ちらりと顔をあげると、パーマのかかった黒髪をツーブロックにした細面がナースステーションに入ってきた。はおった白衣の下から、高級ブランドのロゴがでかでかとプリントされたTシャツがのぞいている。

私は目を合わせないようにして何気なく立ちあがり、点滴などが置いてある処置台のほうへ隠れようとする。

「うーづきさん。お疲れさま」

あっと声が出て動きが止まる。見つかってしまった。ぎぎぎっと音がでそうなほど不自然に振り返り、どうにか笑顔をつくる。

「あ……松岡先生。お疲れさまです」

「ねえ、今僕から逃げようとしていなかった？」

顔を寄せてきて、ニヤニヤしながらこそっと言う。

「今日こそ連絡先を聞きたいんだけどな」

「……今は勤務中なので、また今度で」

どうにか苦笑して切り返す。

「おい、松岡。何してる」

上の先生に呼ばれて、松岡先生は「すいませーん」と言いながら患者さんの部屋のほうへ去っていった。思わずため息がもれる。

「松岡先生、あからさまですねえ」

遠野が冷やかしてくる。

「さすがに勤務中はやめてほしいわ」

私の苦情に、遠野は肩をすくめて笑った。

松岡樹《いつき》先生は、今年度から長期療養型病棟で働くことになった医者で、三月頃から病棟に出入りしていた。特に何かきっかけがあったわけではないのだけれど、会うたび声をかけられて、食事に誘われたり連絡先を聞かれたりする。

悪い人ではないと思うけれど、にじみ出るナルシスト臭がどうにも気になる。

それに……とひとりの男性のことが頭に浮かんだ。

橘英俊《たちばなひでとし》さん。大学院で一緒だった人で、私より一年早く修了し、もともと勤めていた病院の救命救急センターへもどっていった。短髪の黒髪がさっぱりしていて、涼し気な切れ長の目が印象的な人だ。おしゃべりなタイプじゃないからそっけない感じもするけれど、そこが大人っぽくて、賢そうだし、クールでいい。橘さんのほうから連絡先を聞いてきて、大学院時代は、ときどきふたりで食事に行っていたのだけれど……、最近はお互い忙しくて、会えていない。

告白されたわけじゃないけれど、私はちょっといい感じなんじゃないかと思っていた……。

「エリーゼのために」のメロディでハッと我に返る。仕事中に何を考えているんだ、私は。集中しなければ。さっと駆け寄ってナースコールをとった。

アンちゃんがニャニャンと鳴きながら玄関で出迎えてくれる。

「ただいま〜」

洗面所へ行き、アンちゃんを撫《な》でる前に手を洗う。そのあいだも愛猫は足元に体をすりよせて甘えてくる。

「はいはい。お留守番ありがとう〜」

抱っこすると、ゴロゴロとのどを鳴らしながら私のあごに額をぐいっとおしつけた。

アンちゃんは、二年前に母がパーキンソン病を発病したことをきっかけに、私が譲り受けた猫だ。アメリカンショートヘアの女の子で、銀色の毛並みが美しく気品があり、甘えん坊。

母が病気になってから、家族で支え合いながら生活してきた。私も、仕事と勉強の合間をぬって母に会いに行っているし、父や兄家族も自分たちにできることを頑張っている。そして誰より母自身が、積極的にリハビリをして、病気の進行と前向きに向き合ってきた。病気を持ちながらでも健やかな気持ちで過ごすことはできる、と体現してくれている。

アンちゃんは、我が家に来てすぐの頃は警戒していたが、少しずつ慣れてくれて、今ではすっかり仲良しだ。

「さみしかった？　ごめんね。新しいおふとんは、どう？」

最近買ってあげた新しい猫用ベッドをさわると、ほんのりぬくもりが残っている。私が帰ってくるまでここで寝ていたらしい。

アンちゃんが床に寝ころぶのでいっぱい撫でていると、急に「もういいです」と言わんばかりに体を起こして離れていった。基本的にツンデレで、そこもまた猫らしくてかわいい。

「ねえ、アンちゃん。橘さんって覚えてる？　前に、実家で飼ってるペルシャ猫ちゃんの写真送ってくれた人いたでしょう？」

コンビニのお惣菜コーナーで買ったレトルトのハンバーグをあたため、冷凍しておいたごはんを解凍してテーブルに並べた。乾燥わかめとネギで作ったお味噌汁をすすりながら、アンちゃんに話しかける。アンちゃんは少し離れたところで、パンダみたいに座ってお腹の毛づくろいをしていた。

「最近、連絡こないんだよねえ」

最後に会ったのは、橘さんの試験が終わってすぐのときだったから、もう半年も前だ。それから週に一度くらいはラインのやりとりをしていたけれど、それもここ二ヵ月ほどは途絶えている。

救命救急センターは忙しいだろう。しかも、専門看護師の資格をとったからなおさら、今までより業務が増えたのは予想がつく。でも……。

「ラインくらい、くれてもいいのにね」

もしかして、別に好きな人ができてしまったのかな。

気になるなら自分から連絡すればいいのに、私もずいぶん自分勝手だなと思う。だから、恋人ができないのかもしれない。三十歳過ぎて何してんだろ、と少し自虐《じぎゃく》的な気持ちになった。もし松岡先生に連絡先を教えたら、マメに連絡をくれるのだろうか。

引き継ぎを終えて業務をバトンタッチしてから、残っている看護記録を入力する。ひとつ大きく伸びをした。電子カルテが導入されてから、パソコン仕事が増えた。新人の頃は手書きだったけれど、個人的には電子カルテのほうが肩がこる気がしている。ただ、手書きの記録は、まったく読めない字を書く人がときどきいる。みみずがのたくっているなんてもんじゃない人もいた。そう思うと、誰にでも読みやすい記録のためには、電子カルテのほうが適しているだろう。

首を左右に倒してストレッチしていると、

「あの……遠野さん」

と、遠慮がちな北口《きたぐち》の声がした。

北口真央美《まおみ》はたぬきのような愛らしい顔をしていて、患者さんの話を丁寧に聞くやさしい看護師だ。三年目に入り、新人である丹羽のプリセプターをしている。

新人看護師は、最初の三ヵ月、プリセプターと呼ばれる教育係の看護師にくっついて、指導を受けながら独り立ちを目指す。全国の病院の多くが、看護師の新人教育にプリセプター制度を導入している。新人教育を通じてプリセプター自身の成長を促す仕組みにもなっているから、三年目から五年目の看護師に任されることが多い。

新人である丹羽柚花は、はっきりした顔立ちの、華奢で小柄な子だ。ハキハキしていてやる気もあるし、プリセプターの北口とも今のところ相性は良さそうだ。

「丹羽さんに採血を教えたいんですけど、腕貸してもらえませんか？」

丹羽は、まだ患者さんの採血の経験がない。知識や技術をしっかり習得してからでないと患者さんをまかせられないため、新人は同僚の腕で練習することが多い。プリセプターはすぐ横について手技《しゅぎ》を確認してあげないといけないので、練習台はプリセプター以外の先輩を探すことになる。

「貸してあげたいけど、私の血管めっちゃ見にくいよ」

遠野が自分の腕を前に伸ばし、肘《ひじ》の内側あたりをさすった。

「健康診断のたび、ほんとすいませんって採血のナースに言っちゃうくらいとりにくいから、新人の練習にはならないんじゃないかな」

やりとりを聞きながら、私も自分の腕を眺めた。私もあまりとりやすい血管ではない。とりにくい人で練習することも大切だけれど、まずは血管の見えやすい人で確実に採血できるようにならなければ、難しい人へのステップアップはできない。

「お、新人ちゃんの採血の練習？」

九条《くじょう》主任が声をかけてきた。

「はい。でも、みなさん血管とりにくいみたいで」

九条豊《ゆたか》さんは昨年度から御子柴匠《みこしばたくみ》さんの代わりにきた新しい主任で、病棟唯一の男性看護師だ。日に焼けた肌に明るい髪色がいかにも陽気そうに見える。若い看護師たちをちゃん付けで呼んだり、患者さんにタメ口をきいたりして、ときどき香坂師長に注意されている。

「おう、俺が貸してやるよ。太くて良い血管してるから」

ヘラヘラと笑いながら主任が腕を突き出す。たしかに、立派で健康的な血管が見えた。

「わあ、すっごいとりやすそうですね」

思わず声をかける。

「だろう？　前の病棟でもみんな俺で練習してたんだよ。九条さんでとれなきゃ患者さんのは厳しいって、人の血管を第一関門みたいに言いやがって。ははは」

声を出して笑いながら、主任は「どこでやるー？」と丹羽に声をかけた。

「あ、主任さんで練習させてくれるんですか！　緊張します」

「大丈夫だって。失敗したら、ビールおごってくれればいいから。なんて冗談ね」

主任が軽口をたたく。

「あ、え、はい。じゃあ、休憩室でお願いします」

「よっしゃ。行こう」

物品は準備が済んでいるらしい。私も遠野も一緒に、見学させてもらうことにした。休憩室の椅子に主任が座る。その前にトレイがあり、中に注射器と採血スピッツなど必要な物品が置いてあった。普段、患者さんから採血するときは、検査する項目によりスピッツの数や種類が変わる。今日は手技の練習だから、そのうちの一本だけだ。

「では、よろしくお願いします」

丹羽は痩せた背中を伸ばし、ふーっとひとつ息を吐いた。

初めての採血は、信じられないほど緊張する。みんな通る道だから、看護師なら誰でも気持ちはよくわかるだろう。

ふと、学生のときの採血演習を思い出した。初めて針のついた注射器を持ったときの恐怖心は今でも忘れられない。その日は、果物のオレンジを人の肌に見立てて針を刺す練習だった。何度も食べたことのある、ただの普通のオレンジだ。それが、「これを人の腕だと思って」と言われた瞬間から、何か恐ろしいもののように見えてきた。何度も注射器を持ち直し、オレンジの表面を消毒して、そっと刺した瞬間のプスッという感触がよみがえる。緊張で手汗がびしょびしょだった。

丹羽は、休憩室の洗面台で改めて手を洗い、物品を確認し手袋をつけて、手技を声に出しながら採血をはじめた。

「まず、患者さんに採血をするための説明をします」

プリセプターの北口が、採血手技の参考書を確認しながらうなずいている。

「九条さん、今日は採血があるのでよろしくお願いします」

「はい。痛くしないでくださいね〜」

九条主任は患者さんになりきってにこにこした。

「では、腕を両方見せてください」

九条主任がテーブルの上に腕を差し出す。丹羽が真剣な表情で血管を触っている。

「左腕で失礼しますね」

腕の真ん中、肘窩《ちゅうか》と呼ばれる肘の内側に、くっきりと盛り上がった良い血管があった。

看護師の職業病のひとつに、電車内など他人様の腕が見えるところで採血しやすそうな血管を見つけるとつい見とれてしまう、というものがある。九条主任の腕は、見た人みんなが「お、これはいい」と思うこと間違いないだろう。

丹羽が慎重に駆血帯《くけつたい》を巻き、刺入《しにゅう》部位を丁寧に消毒する。

患者さんに見立てた主任に適宜説明をしながら、丹羽はスムーズに上手に採血を成功させた。

「おお、うまいじゃん」

主任が声を出す。まわりで見ていた私たちも、思わず拍手をした。

「丹羽さん！　すごいよ。初めてでこんなに上手にできるなんて」

北口が感動している。

「主任さんの血管がよかったんだと思います。ありがとうございました」

「俺はさんざん新人の練習台になってきたけど、今までで一番うまかったかも。ぜんぜん痛くなかったし」

主任の言葉に、丹羽は恥ずかしそうに笑う。

今年度の新人は優秀そうだ。

あたたかい日が続いている。

談話室の窓からの日差しは柔らかく、病院前の桜がきれいに見えた。

「加納さん、桜見えますよ」

歩行練習中の加納さんは、部屋から廊下を歩いて談話室まで来て、いったん休憩しているところだ。

「本当だ。きれいねえ」

談話室の窓は大きいから、座った状態からも外が見える。

「アメリカにも、桜ってあるのかしら」

息子さんの話題だとすぐにわかった。

「ソメイヨシノが見られるところがあるって、聞いたことありますよ」

「そうなの？　じゃあ、お友達とお花見しているといいわね」

さみしそうにつぶやいて、下を向いた。

「息子さんが帰国したときに、元気な姿で出迎えてあげましょうね！　さ、部屋までもどりますよ」

加納さんはうなずいて、私の手をとって立ち上がった。

部屋まで一歩ずつゆっくり歩く。その顔は、真剣そのものだ。


「せっかく来てやったのに、ため息ばっかりつくんじゃないよ」

強い口調に思わず顔をあげる。女性の四人部屋の加納さんのところに旦那さんが面会に来ているようだ。私は、同じ部屋の患者さんの足の爪を切っているところだった。

「だって、陸《りく》がぜんぜん連絡くれないんだもの」

「語学留学に行っているのに、日本語でまめに連絡をとっていたら勉強にならないだろ。時差だってあるし。お前はそんなこともわからないのか」

「わかってるわよ。あの子、真面目だから英語の環境に慣れようとしているのね」

はあーと旦那さんのはく息が聞こえた。

「何よ、あなただってため息ついてるじゃない」

「お前がいつまでも、陸陸うるさいからだ。いい加減、子離れしろよ」

「うるさいって何よ。私が入院しているうちに羽のばしてるくせに」

「どういう意味だよ」

「私がいないほうが気楽でいいでしょって言ってるの」

「お前がいないから、家中ゴミだらけだ。めしだってまともに食えてない」

「そのくらい自分でやりなさいよ」

チッと旦那さんの舌打ちが聞こえて、シャッとカーテンが開いた。

「ちゃんとリハビリしろよ」

「わかってるわよ」

旦那さんはそのまま病室を出ていった。夫婦の言い合いはわりと大きな声だったので、部屋中の患者さんに聞こえたはずだ。私が足の爪を切ってあげていた患者さんは、眉をあげて驚いた表情を見せた。私は、苦笑いでこたえる。

「加納さん、旦那さん来ていらっしゃいましたね」

部屋を出る前に声をかけた。加納さんは在宅にもどる予定だから、旦那さんとの関係はこのままで大丈夫だろうかと心配になる。

「うるさくしてごめんなさいね。あの人、私のことなんかぜんぜん心配していないのよ。家政婦がいなくなった、とでも思っているんじゃないかしら。陸が留学延期してくれればよかったのになあ。っていうか、海外なんか行かなくてもあの子なら英語も身についたと思うんだけどね」

「息子さん、優秀なんですね」

「そうなのよ。誰に似たのかしらね。はやく帰ってこないかなあ。陸とデートしたいわあ」

「息子さんとデート、ですか？」

「そうよ。あの子が高校生くらいまで、ほぼ毎週末、カフェにいったり美術館いったり、デートしていたのよ。さすがに、受験がせまってからはいけなくなったけどね」

うふふっと笑う表情に、かすかな違和感を持った。


「小さな恋人、ってやつだと思います」

カンファレンスの時間になり、加納さんご夫婦が大きな声で言い合っていたことを話題にあげると、遠野が口に出した。

「小さな恋人……母親が息子を恋人のように扱うっていう、あれ？」

九条主任がこたえる。

「はい。だって、高校生男子と母親のふたりきりでお出かけですよ。普通します？　それに、息子と出かけることデートって言いますかね」

私も、そこに違和感を持ったのだ。遠野は続ける。

「加納さんがよく着ている赤いチェックのパジャマ、あれ息子さんとおそろいだって言って喜んでたんですよ。大学生の息子とおそろい……ってちょっと不気味って思っちゃいました」

主任は足をぶらぶらさせながら、

「うーん。俺も、後遺症の麻痺に関しては受け入れているように見えたけど、そのわりに元気がないのは気になっていたんだよ。〝空《から》の巣症候群〟なのかな、と思っていたけど、小さな恋人かあ。息子さんが留学に行ったのは、もしかしたら過干渉《かかんしょう》なお母さんから逃げるためもあったのかもしれないなあ」と言った。

「北口、空の巣症候群ってわかる？」

遠野が北口に声をかける。北口は今、丹羽のプリセプターをやっているけれど、二年前は自分が遠野の指導を受けていた。

「あ、はい。子供が家を出たり独立したりしたときに、親が不安になったり抑うつ感が出たりして、苦しむことです」

「当たり」

遠野と北口のやりとりを見ながら、丹羽が一生懸命メモをとっていた。

「ご主人の言い方、かなり冷たかったんですよね」

私はさっき見た面会中の様子を思い出す。

「息子を小さな恋人にしちゃう母親って、夫婦関係悪いって聞きますよね。もちろん息子がかわいいっていうのはあるんでしょうけど、夫で満たされない愛情を息子に向けちゃう」

遠野が腕を組む。

「うん……。今後加納さんが自宅にもどるとしたら、ご主人とふたり暮らしだからね。もう少しお互いのことを考えられるようにしておいたほうが、在宅で暮らしやすいとは思うけど。加納さんご本人に子離れを急かすのは難しいと思うから、せめてご主人のほうにもう少し理解があればいいんだけどね」

私の言葉に、うーん、とうなって主任はあごを撫でた。

「それは、僕らの仕事かねえ」

「違いますか？」

「ちょっと、介入しすぎな気もするんだよ。家族のサポートがなくちゃ在宅で生活するのは難しい、ってことを伝えるのは必要だと思う。今まで以上に家事に協力してもらうとか、ご本人ができなくなってしまったことは、もちろん旦那さんにやってもらわなきゃならない。でも、夫婦関係にまで立ち入るのは、どうかなあ」

カンファレンスに参加している看護師で、九条主任は唯一の男性、既婚者だ。

「男の人は、そういうこと言われたら嫌なものですか？　旦那さん側の意見を知りたいです」

「そこなんだよね。結局、旦那さんが加納さんにさみしい思いをさせたから、加納さんが息子を小さな恋人にした、っていうのも俺らの予想にすぎないでしょう？　で、その息子は海外に行っちゃったから、旦那さんがしっかり本人をサポートしてくださいって。それを年下の女性看護師に指摘されて、『わかりました。気をつけます』って言える中年男はいないんじゃないかなあ」

「じゃあ、どうすればいいですかね」

「うーん、どうしようかね」

主任は笑いながら頭をかいた。具体策があるのかと思っていたから、拍子抜けする。もう少ししっかりしてください……とつい思ってしまった。前の主任の御子柴さんがとても頼りになる人だったから、思わず比べてしまう。御子柴さんは、家族との時間を大切にするために外来へ異動していった。御子柴さんとご家族のためには素晴らしい判断だったと思うけれど、病棟にとっては大打撃だ。

ジューッといい音がして、香ばしいにおいが食欲を刺激する。目の前に小さな煙が立ちのぼり、天井から伸びている銀色の配管に吸い込まれていった。

「卯月さん、これもう食べごろですよ」

遠野が網の上の焼肉をトングで小皿にのせてくれる。

「ありがとう。いただきます」

そのあと、北口と丹羽の皿にも肉をわけていく。遠野は、鍋奉行ならぬ焼肉奉行だ。

ここ、「焼肉どんどん」は去年駅前にできたお店で、リーズナブルでおいしい焼肉が食べられる。仕事のあとによく行くお店のひとつになった。広い店内に並んだテーブルに、それぞれ焼き網がついていて、自分たちで焼きながら食べられる。

「ひとまず、丹羽の初採血、成功祝いね！」

遠野がビールジョッキを丹羽のジョッキにあてた。主任で練習したあとほかの職員でも何度も成功し、今日実際の患者さんで初めて採血したのだ。

「ありがとうございます。緊張したけど、うまくいってよかったです」

丹羽はうれしそうに微笑んだ。太いベルトのスポーティーな腕時計は、お気に入りのようで一日中ずっとつけている。

「北口よりうまいんじゃない？」

遠野がからかう。

「それは！　……そうですよ」

「ええ、認めちゃう？」

「だって、私あんまり手先器用じゃないですから。けど、この前難しい採血、一発でとりましたよ」

北口がまるい頰をふくらませて自慢気に胸をはる。

「おお、えらいえらい」

遠野はビールを飲みながら、トングで肉を網にのせていく。タン塩のネギが落ちないように、うまく肉の上に置いた。

「あれ、明日、日勤の人いなくない？」

遠野がうれしそうに私たちを順に指さす。

「卯月さん、一緒に夜勤ですよね？」

「うん」

「北口と丹羽は？」

「休みです」

「なんだ！　もっと早くキムチ頼めばよかった！」

遠野は手を伸ばして店員さんを呼ぶボタンを押した。

看護師は、においに敏感だ。患者さんの顔の近くで話すことが多いので口臭には気をつけないといけない。キムチをはじめ、においの強い食べ物は特に避けていることが多いだろう。仕事中に香水などをつけないのは当然だけれど、柔軟剤や整髪料のにおいも注意が必要で、患者さんを不快にしてしまうこともある。

また、患者さんの体臭や尿臭などから体調の変化がわかることもある。たとえば、糖尿病の患者さんの尿は少し甘酸っぱいようなにおいがするし、胃腸の具合が悪いと体臭が強くなったりする。そのような変化に気づくため、自分たちはなるべく無臭でいる必要があるのだ。

「ちょっと待って。見て！　こんなのあるんだけど」

遠野がメニューを三人に見せてくる。そこには、にんにく丸焼きというものがあった。まるまるごろっとしたにんにくがアルミホイルに包まれている。

「遠野さん、それはさすがに夜勤まで残りませんか？」

「そうか〜。じゃ、休み前までおあずけか」

北口が笑う。

仕方ない、と悔しそうにつぶやく遠野を、みんなで笑った。

「そういえば、今日は松岡先生、来てませんでしたね」

「もう、またその話？」

最近、遠野に何かと冷やかされている。

「え、松岡先生がどうかしたんですか？」

北口が目を見開く。

「先生ね、卯月さんのことぜったい好きだと思うんだよ。ちゃんと根拠もあるよ。ナースステーションにくると、まっさきに卯月さんのこと目で探してる」

看護の仕事に必ず根拠を求めるから〝根拠の鬼〟と後輩から呼ばれている遠野だけれど、こんな話題でも根拠を持ち出すから、あきれてしまう。

「やめてよ～」

「いや、まじですって。実際、卯月さんはどうなんですか？　松岡先生って、実家めちゃくちゃ太いらしいじゃないですか。ちょっとチャラいけどイケメンだし、悪くないと思いますよ？」

うーん……と首をかしげてごまかす。どうと言われても、自分でもよくわかっていないので、何とも答えにくい。

「え！　まさかまんざらでもない感じですか！」

「いや、よくわかんないんだよね～」

ほかに気になっている人がいるから、とは言わずにおいた。かわいい後輩たちだけれど、三十すぎて恋愛の相談をするのはちょっと恥ずかしい。

「あー、それにしても御子柴さんが恋しいなあ！」

遠野が大きな声をだし、私は思わず吹き出した。

「どうしたの」

「言ったままの意味ですよ。御子柴さん、イケメンだったな～って思い出して。それに比べて九条主任は、ちょっと頼りないっていうか、軽いっていうか……」

「御子柴さんっていうのは、九条主任が来る前にいた主任さんで、かなり頼りになる人だったの」

北口が丹羽に説明している。

「頼りも頼り、包容力がハンパない。仕事できるし、最高なんだよ」

そうだ……、遠野は御子柴さんのファンだった。

「そんなにすごい主任さんだったんですね」

丹羽がタン塩をもぐもぐしながら言う。

「あ、ごめん。新人の前で上司を悪く言っちゃダメだったね。九条さんが悪いんじゃなくて、御子柴さんが良すぎたってことね！」

遠野はそう言って、ビールジョッキをかたむけた。

「あ！」

北口が急に大きな声を出す。

「びっくりした。どうしたの？」

「そういえば、なんか九条主任のちょっとよくない噂聞いたんですけど」

「え、なになに」

遠野が身を乗り出す。

「外来にいる子に聞いたんですけど、かなり頻繁《ひんぱん》に小児科の外来に顔出すらしいんですよね」

「え、外来なんて用事なくない？　しかも小児科？」

「そうなんです。それで、小児科の外来って、あの人がいるじゃないですか」

「あの人って？」

「名前忘れちゃったんですけど、超美人でセクシーなナースがいるんですよ」

「ああ！　超きれいな人だよね？　知ってる。まさか、九条主任はその人目当てってこと？」

ひい～と声をあげて遠野が額に手を当てる。

「わかりませんよ！　けど、その人がいるときによく目撃されてるらしくって」

私は内心で苦笑した。職場の噂話は、いつでも酒の肴《さかな》になる。

「主任さんって、ご結婚されてますよね？」

丹羽も目を輝かせている。どうやら、ゴシップは嫌いじゃないようだ。

「そこなの。独身なら、何の問題もない。でも、既婚者が美人ナース狙っちゃダメですよねえ」

北口が嬉しそうに話す。新人時代にモジモジしながら遠野に怒られていたのが懐かしい。

「九条さんって、お子さんいらっしゃるんですかね」

丹羽が首をかしげる。

「うーん、そういえば、話は聞いたことないね」

「ちょっと、引き続きその外来の友達に近況聞いといてよ。あ～不倫する男って最悪」

「まだわかりませんよ！　でも、要チェックですね」

みんなで笑って、夜はふけていく。煙のにおいが喧騒《けんそう》に溶けていった。

薄暗くて静かな廊下を歩く。昨年度まで三年間パート勤務にしてもらっていたから、夜勤はほとんどなかった。久しぶりの夜勤に、少し緊張している。

女性の四人部屋では、加納さんがスースーという穏やかな寝息をたてて熟睡していた。患者さんの静かな寝息を聞くと、安心する。少なくとも今は、痛みや苦痛にさいなまれていない。病気や障がいの不安がありながらも、夜はしっかり眠れること。それは、人が健やかに生きていくうえでとても大切なことだと思う。

「昨日、さすがにキムチ食べすぎたかもです」

休憩にいっていた遠野がもどってきた。

「ミントタブレットあるよ？」

「ブレスケア飲んできました」

そう言って、笑いながらマスクをつけた。ストレスは外でしっかり解消してから職場にもどる。それは、健康に働くために必要なことだ。

廊下の窓から外を眺めていると、空が少しずつ明るくなっていく。午前五時。この時間は、また一日が始まるのだ、と少し神聖な気持ちになる。患者さんたちが一晩を無事に生き、朝を迎える時間。

日勤に引き継ぎをして夜勤を終えると、ホッと息をはいた。久しぶりの夜勤はやっぱり疲れた。

そういえば、加納さんにさっきボールペンを貸したままだった。息子さんからの連絡がないから、手紙を書きたいと言っていたので、ペンを貸したのだ。記録を書き終え、部屋へ向かう。

「それで、旦那さんとはどこで知り合ったんですか？」

ベッドを囲んでいるカーテンの外で足が止まる。日勤の九条主任が、加納さんと話しているようだ。

「旦那との出会い？　もう覚えてないわよ」

「うそ～。じゃあ、結婚何周年っすか？」

「うーんと、二十四歳で結婚したから……二十四年かしら」

「お、じゃあ来年、銀婚式じゃないですか。おめでとうございます」

「めでたいのかしら。もうこんな年になって」

「おめでたいですって！　二十五年も一緒にいられるご夫婦、憧れるな～」

主任は、くだけた口調で会話を続ける。軽い感じでもなぜか患者さんからクレームのこない、不思議な人だ。

「九条さんは、ご結婚されているのよね？」

「してますよ～」

「お子さんは？」

「女の子がひとり」

九条さん、お子さんいらっしゃったんだ……。

「かわいくて仕方ないでしょう？」

「そりゃあ、あの子のためならなんでもできるって思いますね。もう中学生ですけど」

「中学生かあ。多感な時期ね。私は、息子のためなら命さえ惜しくないって思うわ」

「はは、わかりますけど、元気に生きてることが何よりの子孝行ですからね」

「ふふっ。子孝行なんて、おもしろいこと言うわね」

「あとは、夫婦仲良くいること、ですかね」

九条主任のさらっとした言葉に、加納さんが少し黙った。

「九条さんは、奥さんと仲良し？」

「うーん、僕のほうはそう思ってますけど、でも夫婦って所詮は他人ですから、やっぱり相手のことは完全にはわかりませんね」

「そうよねえ。私なんて、主人のことはもう何もわからないわ。あの人が私を家政婦みたいに思ってるってことだけは、わかるけどね」

九条さんが笑う。

「そうなんですか？　家政婦さんのためにわざわざ入院中の着替えなんて持ってこないと思いますけど」

「それは、仕方なく、でしょ。息子もいないし、家に帰ってあの人とふたりきりになると思うと、退院するのが怖いくらいよ」

「でも、恋人時代や新婚当初は、仲良しだったんですよね？」

「まあね。いつからなのかしらね。すれ違っちゃうのって。私は息子の子育てで精一杯で、あの人は仕事一筋。お互い、別の方向を見て走っていたのよ。そのまま、もう二十五年になるのね……」

「本当に、別の方向を見ていたんですかね……」

ぽつりと主任の声がする。

「運転士が別の方向を見ていたら、列車はとっくに離れていってしまう気がします。もしくは、ぶつかって脱線してしまうか……。ここまで一緒にいるってことは、べったり手をつないでいなかったとしても、少なくとも並走はしていたんじゃないですかね。息子さんは留学へ行っていますし、この際ご主人とのラブラブエピソードでも思い出してみたらどうですか？」

「ラブラブなんて、いやーねえ」

加納さんが笑い声をあげたところで、九条さんがカーテンから出てきた。

「卯月さん、どうしたの？」

私は、立ち聞きしてしまった感じになってちょっと気まずい。

「加納さんにペンを貸してまして」

「ああ、これ？　夜勤の人に借りたって言ってた」

「それです。ありがとうございます」

主任の差し出すペンを受け取って、私はナースステーションへもどった。

加納さんのご夫婦の関係性を修復するのは私たちの仕事ではない、と主任は言っていたけれど、主任なりに加納さんの心をほぐそうとしていたのかもしれない。

加納さんご自身が旦那さんとの生活を振り返って、良いこともあったと思えれば、自然とふたりの関係は変わっていくのだろうか。

九条主任、銀婚式を素敵みたいに言ってたけれど、外来の看護師を狙っているって本当なのかな……なんて、後輩たちのゴシップが頭をよぎる。プライベートは別に好きにしてくれて構わないけれど、後輩たちが尊敬しない上司になってしまうのは、ちょっと困るなと思った。

朝から雨が降っていて、病室の窓に桜の花びらがはりついていた。花びらは茶色く変色していて、雨粒に濡れている。

「卯月さんは、ご結婚されているの？　あ、ごめんなさい。こういうことを若い人に聞くのは、ハラスメントかしら」

九条主任と話しているのを聞いてから数日たった昼どき、加納さんの食事を配膳にいくと、声をかけてきた。

「いえ、大丈夫ですよ。私はまだ独身です」

「そう……結婚したいとは、思わない？」

「うーん、いい人がいれば、という感じですかね」

「そう……」

「どうかされましたか？」

加納さんは、麻痺のある人用に使いやすく改良されている専用のスプーンを、上手に持っている。やる気がない、と言いながら、とても努力していらっしゃる。

「私、なんのために生きてきたのかな、なんて思っちゃってね」

私は、黙ってうなずき、話をうながす。

「結婚してから、子育てだけが生きがいだったのよ。陸をどこに出しても恥ずかしくない息子に育てること。それだけを使命みたいにして頑張ってきた。あの子の幸せが私の幸せ。それを疑うことはなかったし、悪かったとも思ってない。あの子は本当に優秀でいい子に育ってくれて、ありがたいと思ってる」

床頭台の写真をじっと見てから続ける。

「でも、息子が大人になってふと立ち止まってみたら、なんだか、何にもないのよ。私には趣味もないし……それに、病気になっても、お見舞いにきてくれる友達がひとりもいないことに気づいた。そんなさみしいことってある？」

自分の病気と息子の自立。ふたつの大きな出来事が重なり、心が揺れているのだろう。

「後悔しているんですか？」

「わからないわ。もしかしたら、息子のためって思ってきたことも、あの子には負担だったかもしれない。結局は、いい母親に思われたいっていう私のエゴだったのかもしれないって思うこともある。でも……いい母親って何かしらね」

「息子さんが、ご自分でやりたいことを見つけて留学までなさっているなら、立派に子育てをなさったということじゃないんですか？」

「そうね……。そうよね。でも、じゃあこのあとどうしたらいい？　って思うのよ。私は、陸が帰国することだけを楽しみにリハビリを頑張っていたの。でも、いい加減に子離れしろって、最近主人によく言われる。子離れしたら、私から母親という肩書がなくなるでしょう？　そうしたら、私って空っぽなの」

やっぱり、空の巣症候群なんだと思った。私は結婚も子育ても経験がないからわからないけれど、その喪失感は大きく、うつ病のきっかけになることもあるという。乗り切るには、子育てを終えたことを「ゴール」ではなく「第二の人生のスタート」と考えると良いといわれている。

夫婦関係を見直すことが大切だとも聞いたことがある。父親母親、という立場を脱いだあとの自分たちがどう生きるか、考えなければならないのだ。

「お子さんが自立なさっても母親は母親なので、完全に肩書がなくなることはないと思いますけど……。でも、この際ですから、母親という役割を脱いだからこそやりたいことができる、と考えてみるのもいいんじゃないですか？　たとえば……子育てしているときに、やりたいけど我慢していたこととか、ありますか？」

「我慢ねえ。特にないのよね。息子と一緒にいるのが楽しかったから」

「ご結婚される前に好きだった音楽とか、久しぶりに聴いてみるのもいいと思いますよ。お若い頃に観た映画とか」

「好きだった音楽、映画、ねえ……。あ、そういえば、主人と初めてデートをしたとき、

『タイタニック』を観にいったわ。懐かしい」

「初デートが『タイタニック』ですか！　素敵ですね。ロマンチックです」

「そうねえ。すっかり忘れていたわ。そうそう、映画のあと主人に『君は僕にとってのローズだ』って言われたんだった。私、当時もそれなりに太っていたから、私がローズだったらジャックと一緒に海に沈んじゃうわ、なんて笑ったのよ。いやだ、恥ずかしい」

加納さんは、スプーンを握りながら笑った。ジャックとローズは、映画のなかで「運命の相手」として描かれている。

「でも……それから二十五年以上たって、まさか自分が病気で麻痺になって、息子は海外に行っちゃうなんて、思ってもみなかった」

「でも、今でもジャックと一緒にいるじゃないですか」

「……そうね。あの人、本当に私にとってのジャックだったのかしら」

「だって、加納さんがローズなんでしょう？」

「ふふふ。恥ずかしいから、ほかの看護師さんに言わないでよ」

私は笑ってうなずき、部屋を出る。ほかの人の配膳をしてからまたのぞくと、加納さんは動きにくい手で一生懸命食事をとっていた。

夜勤への引き継ぎを終えて帰ろうとすると、遠野が見まわりを終えてもどってきた。

「卯月さん、病棟に貸し出しのイヤホンってありましたっけ？」

「イヤホン？」

「はい。スマホにつなげて使えるやつがいいみたいなんですけど」

「お部屋のテレビ用のイヤホンが床頭台の引き出しにあるはずだよ。それでスマホもつながれば使えると思うけど、どうしたの？」

「加納さんが、YouTubeを観たいらしくて」

「そっか、ごめん。日勤でやっておけばよかったね。まかせて大丈夫？」

「はい。大丈夫です。なければ明日でもいいみたいなんで」

「わかった。じゃあ、よろしくね」

加納さんは何の動画を観るのだろう。何か、楽しいことが見つかればいいと思った。


「タイタニックって何年前だっけ？」

晴菜《はるな》が、焼酎をちびちびすすりながら言う。

「調べたら、一九九七年だった」

居酒屋うまかは、趣のあるこじんまりとした居酒屋で、博多名物がたくさん食べられる。大学院のときの友達、荒井《あらい》晴菜とよく来るお店だ。晴菜は、いさぎよいほどのショートカットで、耳に光るピアスがよく似合っている。

「一九九七年って、咲笑《さえ》ちゃん何歳？」

「えっと、五歳かな」

「じゃ、覚えてないでしょ？」

「うん。テレビでやったのを見たことはあるんだろうけど」

「そうだよね。私は……七歳か。リアルタイムでは観てないな。流行ってたのは覚えてるけど」

私は餃子をそっと口に入れる。皮がパリッとしていておいしいけれど、あつあつだから注意が必要だ。

「それで、旦那さんに『君は僕にとってのローズだ』って言われたんだって」

「わお！　甘いねえ」

「そんなこと言う男の人、いるんだね」

「若いときなら、言うかも」

「晴ちゃんは、ロマンチックなこと言われたことある？」

うーん、と考えながら晴菜はパクパクと餃子を口に入れていく。熱いのが平気な人だ。

「旦那に、『晴菜は笑った顔が一番かわいいから、僕が一生笑わせる』みたいなことは言われたことあるな」

　私はビールを吹き出した。

「ええ！　言われてるじゃん！　いいなあ。私ももっと恋愛してくればよかったかな」

「なんで過去形なのよ。これからでしょ。っていうか、橘さんとはどうなってるの？」

　同じ大学院で学んでいたから、晴菜も橘さんのことは知っている。

「それが、忙しいのか、ぜんぜん連絡ないの。だから、お出かけもしてない」

「どれくらい会ってないの？」

「えー、もう半年は会ってないかな」

「あー、それはさみしいね。ラインとか電話は？」

「うーん。もともと、あんまり連絡くれるタイプじゃなくて、ラインですら週一とかだったんだけど、それも最近ないかも……」

「そっかー。仕事忙しいのかなあ。救急って大変そうだもんね」

「そうだね。で……最近は、なんか病棟医でやたら声かけてくる人がいる」

　えっ！　と言って晴菜は私を見た。

「なにそれ！　聞かせてよ」

「聞かせるほどの話はないんだけどね。なんか、連絡先教えてとか、今度ごはん行こうとか、顔あわせるたびに言われる」

「どんな人なの？」

「うーん……私でも知ってるような高級ブランドのロゴがでかでかとプリントされたTシャツ着てる」

「あっははははは」

晴菜は、弾かれたように爆笑した。

「なにその男。めっちゃウケる。ドルガバとかグッチとかってこと？」

「ああ、まさにそう。たぶん、あれはTシャツじゃなくてロゴを着てるんだと思う」

「あはは、いるよね、たまに、ブランドの力を借りて強く見せる人」

「別にいいんだけどね。ただ、そのイメージが強くて、どうにもナルシスト臭がするのよ」

「わかるわかる。仕事はできるタイプ？」

「ああ、うん。患者さんからは印象いいみたい。陽キャって感じだから」

「どの言葉も、なぜか誉め言葉に聞こえないんだけど」

そう言ってまた晴菜は笑った。

「ただ、マメそうだから、連絡先教えたら、ちょっとしたことでラインくれるんだろうな、とは思っちゃうかも」

「おお。それは、橘さんが連絡くれないさみしさをその人で埋めようとしてるのかな？」

「そうかもしれない。そんなこと言ってないで、私から橘さんに連絡すればいいんだけどね」

「まあ、それがすぐにできれば、悩まないのよねえ」

まったくもって、そのとおりだ。どうして自分から連絡できないんだろう。さみしいからもう少し頻繁に連絡をください。その一言がいえれば、こんな気持ちにはならないのに。

冷えたビールでのどを潤す。自分の気持ちすら相手に伝えられない。私は、何年もずっと変わらないままだな、と小さくため息をついた。

女性の四人部屋から明るいおしゃべりが聞こえる。

「君は僕にとってのローズだ」

加納さんの向かいのベッドの近藤《こんどう》さんが、渋い声色で言う。その言葉に、加納さんとほかのふたり、笹《ささ》さんと野口《のぐち》さんも大笑いしている。

「だから、私がローズじゃ海に沈むって」

「いやいや、ぽっちゃりさんは意外と浮力があるのよ。私みたいなガリガリが一番沈むわ」

「私、タイタニック一緒に観に行った男は画面だけで船酔いして、とんでもないデートになったのよ」

「うわ、だっさーい」

この部屋の女性たちは、みんな年齢が近く、全員既婚者だ。タイタニックが上映されたころに青春真っ盛りの世代だからか、思い出話が尽きることはないようだ。

「楽しそうですね」

私が声をかけると、加納さんが、

「この前、卯月さんに話したことみなさんに聞かれちゃってたのよ。それから、すっかりからかわれちゃって」

そう言いながら、うれしそうな笑顔を見せた。同室の患者さん同士が仲良くなることはたまにあり、お互い励まし合いながら生活することもある。

「だって、いつもぶっきらぼうなあの旦那さんが、って思ったら、おもしろくなっちゃって」

「そうよねえ。銀婚式のお祝いに、タイタニックふたりで観たら？」

「もう、恥ずかしいこと言わないでよ」

「でも、あの日から加納さん、テーマ曲ずっと聴いてるんでしょ？」

加納さんがハッとした顔でスマホを握る。

「それは！　懐かしいなって思ったから」

「いいじゃない。素敵なことよ。うちの旦那は、アクション映画しか観ないから、ロマンチックな思い出ないな〜」

加納さんがYouTubeを観たかったのは、懐かしい曲を聴くためだったのかと納得する。

盛り上がる女性たちを眺めながら、ご病気になるのは大変なことだけれど、闘病していなければ今この人たちは出会えていなくて、この楽しそうな会話もないんだよなあ、としみじみした。悪い側面ばかりに目がいきがちだけれど、なかには素晴らしい出会いもある。

「そうだ。加納さん、退院したら一緒に映画に行きましょうよ。映画館まで行くのは大変だけど、長田《おさだ》駅近くの公民館で上映会やっているのよ。新しいのは観られないけど、けっこう楽しいわよ」

近藤さんが誘う。

「あら、いいわね。車椅子でも大丈夫なら、私も行きたいわ」

笹さんは下半身麻痺なので車椅子だ。

「ご高齢の方も多いから、車椅子も対応していたはずよ」

「楽しそうね。行ってみたい。私、みなさんと話していて、若いころ映画がすごく好きだったことを思い出したわ。子育て中は、息子のための作品しか観ていなかったから」

加納さんもにこにこしている。

患者さんは、治りたい、元気になりたい、という強い気持ちがあれば、いくらでもその可能性が広がる。看護師は、そのお手伝いのために、ほんの少し手を貸すにすぎないのだ。患者さん同士の会話のなかで、自然と加納さんは自分の好きだったことを思い出し、退院後の楽しみを一緒に見つけている。私はこういう場面に立ち会うと、病気というものは人との絆《きずな》を深めるきっかけにもなるのだ、と改めて実感する。

そこへ、加納さんの旦那さんが面会へやってきた。

「こんにちは」

私が声をかけると、旦那さんは「いつもお世話になっています」と会釈をした。

「ねえ、あなた。タイタニック観に行ったこと、覚えてる?」

「は?　タイタニック?」

「そう。もうずーいぶん昔の話」

旦那さんは腕を組んで、しばらく上を見ていたが、

「覚えてない」

とぼそりとつぶやいた。

部屋の女性たちがいっせいに下を向いて、笑いをこらえているのがわかる。

「今の言い方、ぜったい覚えているわよね」

近藤さんが私にこそっと耳打ちしてくる。私も思わずニヤニヤしてうなずいた。そのくらい、旦那さんの声には照れが隠しきれていなかった。

加納さんのベッドサイドには、まだ息子さんの「思い残し」が立っている。でも、息子さんとの距離の取り方や、旦那さんとの今後、そしてこれからの自分のことを、加納さんはきっと考えていけるだろう。そして、加納さんが変わればきっと旦那さんも変わる。ふたりで、人生の新しいスタートを切っていけますように、と願った。

ずずずっと熱いラーメンをすすり、ふーっと息をはく。新しくできたみそラーメンのお店に、遠野と偵察《ていさつ》にきた。予想以上においしくて、今後食べにくることが増えそうだ。

「結婚二十五年を目前にして、夫婦の関係性が改めて良くなるなんてこと、あります？

結局、今までだって仲良かったんだと思いますよ」

遠野の言い方には、少し棘《とげ》があった。どんぶりをかたむけてスープを飲んでいる。

「そうかもしれないね。でも、悪いことじゃないでしょう？」

「はい。それは……わかってます」

口調に何かふくみがある。

「いや、うち親がずっと仲悪いんで。ちょっとうらやましいなって思っただけです」

遠野が、口をとがらせてから、苦笑した。

「自分が持っていないものを見ると、妬《ねた》んじゃうんですよ。私の心が狭いだけです。患者さんの幸せを素直に喜べないなんて、最低ですよね」

そういえば、九条主任が外来看護師と不倫しているかもしれない、という噂があったとき、妙に九条さんを悪く言っていたのを思い出した。もしかしたら、自分の家族と重ねていたのかもしれない。

「いや、別に最低じゃないでしょ。そういうこと、誰にでもあると思うよ。いいじゃん、正直で。それを患者さんの前で態度に出していないんだから、看護師としては何の問題もないよ。それに、そういう自分に気づいているなら、そこも問題ないでしょ」

水をいっきに飲みほして、遠野はごとりとグラスを置いた。

「卯月さんは、ないですか？　人を妬んじゃうこと」

「うーん、どうだろう……」

ふと、橘さんのことが頭に浮かぶ。なかなか連絡がなくて、もしかしたら好きな人ができちゃったんじゃないか、と思っていたけれど、あの気持ちってもしかしたら嫉妬なのかもしれない。

「あんまり意識してなかったけど、嫉妬……することあるかもしれない。あとは、なんでもできるように見える人と自分を比べて、凹《へこ》むことはあるかも。根っこは、同じだよね」

「ええ、卯月さんがなんでもできる人に見えますけど」

「そんなわけないじゃん」

思わず苦笑する。でも、自分より上の先輩は、そう見えることがあるのはわかる。私も、バリバリ仕事ができて隙のない香坂師長に憧れていた。でも、師長さんだって病気を患い、大変だった時期があり、人は誰でも完璧じゃないとわかったのだ。

「完璧な人なんていないから、できることを頑張るしかないよねえ」

恋愛はどうなのだろう。自分で、頑張るものだろうか。

私に、勇気がないだけじゃないのかな？　という自問は、そっと遠くへおいやった。

2　おなじ空を見上げる

患者転入用出入口のガラスドアを開けて外に出ると、日差しが強く、じりじりと腕が焼けるようだ。日陰になる場所がないので、顔をしかめながらじっと耐える。

「夏！　って感じだね～」

松岡先生が、まぶしそうに空を見あげた。今日もハイブランドTシャツの上に白衣をはおっている。

「ん？　なんかついてる？」

「あ、いや、すみません。いつも高価なTシャツ着ていらっしゃるなって……」

「あはは！　気づいてくれてうれしいなあ。これは僕にとって鎧《よろい》みたいなもんなんだよ」

「鎧……？」

「そう、卯月さんもそういうのない？　自分をちょっと強くして、私ならできるって思わせるアイテム。ハイブランドにそれを託すのなんてダサいって思われるかもしれないけど、僕は着ているだけで『このブランドにふさわしい自分でありたい』っていう気持ちになれるんだよね。この職業、ありのままの自分でやるにはキツすぎるじゃん？　って、卯月さんは強いからそんなことないか」

先生にもそんな一面があったんだ。少し意外に思った。

「私にとっては、白衣そのものが鎧みたいなものかもしれません。着替えると身が引き締まる気がします」

「ああ、そうそう。すごくわかるよ、その気持ち！　僕も、背筋が伸びる感じかな」

先生がまた空を見るから、私もつられて見あげると、濃い水色に真っ白いモコモコの雲が浮いていた。

「それにしても……毎年毎年、暑すぎますね」

三十五度を越える日を猛暑日と初めて呼んだのは、いつだったのだろう。今では、四十度にせまる日があっても驚かない。

「卯月さんは暑いのは苦手？　僕、海水浴とか好きだけどな」

「……ここまで暑いと嫌になります」

「たしかに、最近は異常気象だよね」

雑談をしながら、松岡先生が高そうな腕時計を見る。転院してくる患者さんを一緒に待っているのだ。

「そろそろだよね。早く来ないかな。卯月さんとおしゃべりできるのはうれしいけど、さすがにこの気温で屋外はきついよね」

「あ、あれですかね」

ちょうど、ワゴン車タイプの介護保険タクシーが入り口に向かってバックで入ってきた。

介護保険タクシーとは、要介護の認定を受けている人が利用できる移送サービスで、車椅子やストレッチャーのまま乗ることができ、病院からの転院などにも使われる。車は入り口の前でゆっくり止まった。

ドライバーさんがおりてくる。

「おはようございます。岩園《いわその》病院からの移送です！」

「ありがとうございます。担当医の松岡です」

待っていた患者さんだ。

ドライバーさんがバックドアを大きく上に開けて、スロープを伸ばし、ストレッチャーをおろす。患者さんは、ストレッチャーの上で横向きに寝ており、薄い毛布がかけられていた。転落予防のベルトで体を支えられている。

「おはようございます。今日お手続きの担当をします、看護師の卯月と申します。移動、お疲れさまでした。青葉総合病院につきましたからね」

何の返事もしない患者さんは、痩せた高齢の男性で、髪も髭も伸びていてあまり清潔とはいえない。ちょっと体臭もするな……と思いながら、ストレッチャーをガラスドアから室内の廊下へ搬入した。クーラーの冷気に、背中を湿らせていた汗がすーっと冷えていく。

ドライバーさんも一緒に室内へ入る。

「暑いなか、お疲れさまです」

松岡先生が声をかけた。

「いえいえ、無事について何よりです。噂には聞いていたけど、まさか本当につぶれちゃうなんてね」

「病院も、経営難の時代なんですねえ」

「じゃ、これ紹介状とサマリーです。一応、まだ事務室は動いているらしいんで、わからないことあったら電話してくださいって言ってました」

「わかりました。ありがとうございます」

必要な書類を受け取って、先生と一緒にストレッチャーを押してエレベーターに乗った。

松岡先生はチャラいイメージがあるけれど、テキパキしていて仕事はできる人だ。

病棟へついて、お部屋へ向かう。

「ここが、今日からお過ごしになる病棟です。お部屋にご案内しますね」

患者さんにお伝えしてから四人部屋に入る。

「すみません、移乗《いじょう》の手かしてくださーい」

廊下に向かって声を出すと、ヘルパーさんが四人あちこちから集まってきてくれた。看護師の補助業務や介護補助をしてくれる介助員さんを、うちの病棟ではヘルパーさんと呼んでいる。ベテランが多く、手際よく手伝ってくれるため、なくてはならない存在だ。ほかの病院では、ナースエイドや看護助手とも呼ばれるそうだ。

「えっと……」私は書類で名前を確認する。

「畑山《はたけやま》さん、ベッドに移りますからね」

毛布をはぐと、ぷんと尿臭《にょうしゅう》がした。移乗用シーツをみんなで持って「せーの」と声をあわせ患者さんをベッドへ移す。先生もあわせて六人でおこなったけれど、拍子抜けするくらい畑山さんは軽かった。

「ありがとうございました！」

手伝ってくれたヘルパーさんたちにお礼を言って、患者さんを改めて観察する。浴衣型の病衣を着ていて、そこからのぞく胸は肋骨《ろっこつ》が浮いて見えるほど痩せている。腕も足も曲がったままかたまっていて、関節の拘縮《こうしゅく》と筋肉の萎縮が強そうだ。肌は浅黒くて、首や肘の内側にアカがたまって見える。べたついた髪にフケ。最終入浴はいつだろう。

「はい、卯月さん。これ看護サマリー」

松岡先生が書類を渡してくる。

「ありがとうございます」

「じゃ、僕はいろいろ指示出しておくんで、よろしくです」

「はい。よろしくお願いします」

患者さんがほかの病院から転院してくる場合、医者あてには紹介状、看護師あてには看護サマリーが必ず一緒に届けられる。紹介状は、現病歴や既往歴、前の病院でどのような治療をおこなっていたかが書かれていて、看護サマリーは患者さんの病気の情報にくわえ、ＡＤＬという、どの程度の日常生活動作がおこなえるかの指標や、身の回りのお世話に必要な情報が書いてある。新しい病院でも変わらず、同じ質の医療を提供できるようにするためのものだ。

しっかりサマリーを読むために一度ナースステーションへもどることにした。

「畑山さん、またすぐに来ますからね。何かありましたら、呼んでくださいね」

私は、握ったかたちでかたまった手をゆっくりと開いて、ナースコールのボタンを持たせた。

畑山さんが入院していた岩園病院は、規模の小さい古い病院だ。財政難らしい、という噂はずいぶん前からあって、そういう話は他の病院についてもよく聞くことだからあまり気にしていなかったけれど、本当につぶれてしまった。病院が倒産すると、入院している患者さんをどこかへ転院させなければならない。自宅に帰れる人はそれでいいのだけれど、ご家族がいなかったり、退院のあてがなく長期入院していた患者さんは、転院先を探すのも一苦労だ。

病院の倒産にかぎらず、大きな災害のときなども大人数の転院がおこなわれることがある。東日本大震災のとき、帰宅困難区域のなかに大きな療養病院があって、さまざまな病院が患者さんを受け入れたと聞いたことがある。神奈川県まで移送された患者さんも多かったそうだ。帰宅困難区域の外に新しく病院を建てるまでそこで過ごし、ほとんどの患者さんが新しく建った病院にもどったらしい。

岩園病院からのサマリーを広げる。

「え、少なっ……」

パッと見で、項目のほとんどが埋まっていないことがわかった。空白だらけで、文章も短い。

畑山勇《いさむ》さんは七十歳の男性で、十年前に脳梗塞《のうこうそく》による左麻痺をおこし入院したらしい。その後、リハビリをおこないながら療養。嚥下《えんげ》は困難で食事は経管栄養のみ……としか書いていない。

どんなリハビリを週に何日やっていたのか、経管栄養の種類も量も書いていない。情報がなさすぎる。それに……、

「最終排泄《はいせつ》もわかんないじゃん……」

思わず愚痴が口をついて出る。

患者さんが最後にいつトイレをしたのかが、わからない。麻痺のある方は便秘になりやすいから、排便の情報は必要だ。排尿は、どの程度の間隔でどんな尿がどのくらい出るのかを知ることで、脱水や腎機能のバロメーターになる。

ちらりと顔をあげると、松岡先生が真剣な顔で紹介状を見つめていた。私は立ち上がって、先生のほうへ近寄る。

「松岡先生、紹介状に最終排泄なんて書いてありませんよね？」

先生は難しい顔をして私を見た。

「排泄はおろか、使っていた薬も詳しく書いていないよ……。ちょっと病院の事務に電話してみようと思っていたところなんだ」

「紹介状もそんなかんじでしたか。サマリーもほとんど情報ないので、せめて最終排泄の日だけ、一緒に聞いてもらってもいいですか？」

「わかった」

これは、もしかしたら岩園病院のもうひとつの噂も本当なのかもしれない、と思い始めていた。

近隣の病院の内部情報は、風の便りに聞くことが多い。あの病院の先生は横柄だとか、あそこは看護師の給料がいいとか、待遇が悪すぎてヘルパーさんがみんな辞めたとか……。看護師仲間と話しているうちに、その病院に行ったことがなくても情報が入ってくる。

岩園病院は、財政難であるという噂ともうひとつ、良くない噂があった。陰で「放置病院」と呼ばれていたのだ。

患者さんは生きてさえいればいい、という感じで、ほとんどケアがされていないという。特に療養病棟はひどく、身よりのない生活保護などの患者さんが多いため、クレームを言う人もいないし、患者さんは放置されている、という噂だった。

そんなバカな、と思いたいけれど、実際環境の悪い病院はある。岩園病院に限らず、看護師や介護士が患者さんや施設の利用者さんに暴力をふるうというニュースも見たことがある。信念や志のない医療者がいることも、残念ながら事実だ。

「卯月さん、事務室にはつながったけど、担当医がもういないから何もわからないって言われたよ」

松岡先生がおおげさに両手を広げて見せる。先生もまいっているのだ。

「仕方ないですね。バイタル測ってくるので、また報告しますね」

「うん、よろしく。僕もあとで診察にいくよ」

畑山さんにはほとんどケアがされていなかった、と思って関わらなければ。改めて気を引き締め、部屋へ向かった。

「畑山さん、お熱とか測りますね」

ベッドを囲んでいるカーテンを開けた瞬間、目の前がパーッと明るくなった。雲が晴れて、太陽の光が差し込んできたような、そんな鮮やかさだった。

窓側のベッドじゃないし……どういうことだろう、と困惑する。ふと上を見あげて、思わず息を呑んだ。

畑山さんのベッドの上に、青空が広がっている。

きれい……。

立ち尽くして、見とれてしまう。今にも鳥のさえずりが聞こえてきそうなほど、のどかでさわやかな澄んだ空。これはいったい……。

よく目をこらすと、空の奥に病室の天井が見えた。空が透けているのだ。

まさか、畑山さんの「思い残し」？

今まで視た「思い残し」は、人や物が多かった。空は初めてだ。何を思い残すかは人それぞれか。でも、空が心残りとはどういうことだろう。

いや、考えても仕方ない。「思い残し」には執着しないと決めている。今は目の前の畑山さんをしっかり観察しなくては。

畑山さんはあいかわらず右側を下にして横になって、そのまま動いた形跡はなかった。血圧、熱、脈拍をはかる。血圧が145／90、と高めだ。脳梗塞後の麻痺と書いてあったけれど、高血圧の治療はされていなかったのだろうか。先生に報告するためにバイタルをメモする。

「体の向きをかえますね」

声をかけて体を仰向けにするが、腰が曲がっていて、仰向けを維持することができない。左麻痺があるから右側を下にして寝るのはいいとしても、これだけ腰が曲がるということは右下以外の体位変換をしていなかったのかもしれない。

ハッとして、天井を見あげる。畑山さんの「思い残し」は空……。

介護保険タクシーでの移送中も畑山さんは横向きだった。岩園病院でのお部屋がもし、窓の見えないベッドだったら。窓はあっても、毎日右向きで放置されていて、それが窓と反対側だとしたら。

畑山さんは、いつから空を見ていないのだろう……。

切なさが胸にこみあげる。同時に、ふつふつと怒りがわいてきた。いったい、どんな生活を強いられていたのか。

冷静になれ、と自分に言い聞かせる。いろんな環境で生きてきた方がいらっしゃる。今は私が看護を提供できるのだ。それを大事にしなければ。

「おしも、みますね」

小さな声で話しかけて浴衣型病衣の前を開けると、尿でパンパンになったオムツがついていた。

普通、転院の直前に新しいオムツに替えるはずだ。でも、岩園病院からの一時間程度の移動でこんなに出るはずはない。もしかしたら、昨日の夜からのぶんかもしれない。あとでオムツ交換のカートを持ってきてゆっくりきれいにしよう、と決めた。

ヘルパーの林《はやし》さんに手伝ってもらって、更衣とオムツ交換をおこなう。尿でパンパンだったオムツを見て、

「すごい量ね……」

と林さんも驚いた。

「岩園病院からなんです」

こそりと伝えると、林さんが目を見開いた。あの噂は本当なのね……という顔だ。

排尿はあったとして、お通じはいつから出ていないだろう。林さんに支えてもらって、畑山さんの体を仰向けにする。

「お腹の音、聞きますね」

聴診器の先を手で包んであたためてから、そっと腹部にあてる。じっと耳をすますが、

何も聞こえない。一度聴診器をはずし、不具合がないか確かめる。問題なさそうだ。もう一度、お腹にあてて耳をすます。

下痢などで腸の動きが亢進《こうしん》している場合、ぎゅるぎゅると激しい音が聞こえる。健康な蠕動《ぜんどう》運動がある場合は、グルッという腸の動く音とゴポゴポというガスの動く音がする。病的な病態だと、キーンという金属を叩いたような不思議な音が聞こえることもある。音によって腸内の状態を把握できるのが聴診なのだが、畑山さんは何も聞こえない。腸が動いていないのだ。

「ちょっと触りますね」

お腹に手をあてて、そっと押してみる。硬い。ずっと無表情だった畑山さんが、少し顔をしかめた。

「痛いですか？」

私は手をはなす。どの程度便秘しているだろうか。

横向きになってもらって、私は畑山さんに摘便《てきべん》をしてみた。摘便とは、肛門から直接指をいれて便をかき出す医療行為だ。

「え？」

思わず声が出る。

「どうしたの？」

「指が、入らないです」

ワセリンをつけて、もう一度ゆっくり肛門から人指し指を入れてみる。肛門の筋肉はやわらかいが、そこから何かにぶつかり指が入らない。なんと、出口まで硬い便がぎっちりつまっていた。

「便でカチカチです……」

林さんが「えっ……」と声を出す。

とうてい指でかきだせる硬さではない。肛門を傷つけてしまいそうだ。

そのまま、おしもをきれいに洗って一度オムツをとじる。先生に相談しなくては。

「うわあ……なんだこれ」

松岡先生がパソコンの前で大きな声を出す。畑山さんのお腹のことを相談すると、先生はすぐにポータブルレントゲンを呼んでくれて、部屋で腹部撮影をした。その結果がパソコンに送られてきている。

「どうでした？」

「どうもこうも、やばいよ、これは」

画面を見て、私も言葉を失った。何日排便がないだろうか、なんて考えていた私が甘かった。畑山さんは、胃を押し上げるほど、お腹が便で、パンパンのぎゅうぎゅうづめなのだ。

「え、これでイレウスにはなっていないんですか？」

「ギリ、なっていないね。一歩手前だ」

イレウスとは、さまざまな原因で腸が閉塞した状態の総称で、手術後の癒着《ゆちゃく》や、大腸がんなどの腫瘍《しゅよう》でつまることが多い。

畑山さんのような便秘によるものは糞便性《ふんべんせい》イレウスと呼ばれ、進行すると命にかかわる。便が長期間同じ場所にあることで、潰瘍《かいよう》などが起こって腸管が壊死し、場合によっては穴が開いてしまうこともある。そうなると、ひどい腹膜炎《ふくまくえん》をおこし、全身の炎症により死に至ることがあるのだ。

「下手したら、一ヵ月以上出ていないんじゃないかな」

ぞっと背中に寒気がはしる。一ヵ月も排便がなくて、よく放っておけたな……。

重度の便秘に加え、関節の拘縮、筋肉の萎縮……寝たきりの人を放置していたら起こる廃用症候群という状態の症状ばかりだ。

「ほんと腹立つ、って顔しているね」

「え？」

「卯月さん、許せないでしょ。こういうこと平気でする病院」

「先生は、許せるんですか？」

「許す許さないの問題じゃなくて、こっちの病院へ来れてよかったって思ってもらえるように頑張るしかないね。まあ、担当医がいたら殴っちゃうかもだけど」

おどけてみせる先生も、きっと腹を立てているのだ。私は怒りをぐっと飲みこむ。しっかり看護計画を立てて、畑山さんの体調の回復につとめよう。

ソースの焦げた香ばしいにおいが店内に充満している。これは、服にも髪にもにおいがつきそうだな、と思いながら鉄板を眺める。

「もういいかな。これ、焼けたかな」

柊《ひいらぎ》先生が、さっきから何度も鉄板のお好み焼きをヘラでつついている。いつもは駅前のお店に行くことが多いが、今日は柊先生のたっての希望で少し足を伸ばした。

柊沙耶《さや》先生は、同じ病棟で働く女医で、きりっとした美人だ。研修医の教育や難しい症例の患者を担うバリバリと仕事のできる先生だけれど、白衣を脱ぐと、お酒には弱いしお好み焼きが焼けるのも待てないし、ちょっとかわいいところがあって素敵だ。なぜか馬が合い、ときどき食事をする。

「焼きあがるまであんまり触らないようにって、店員さん言ってませんでした？」

思わず笑ってしまう。

「言ってたよね。あんまり触るとふわふわにできませんよって」

「覚えてたんですね。じゃあ、もう少し待ちましょうよ」

「お腹すいたんだもん」

ちょうどそのとき、

「とん平焼きです～」

店員さんが、ソースのかかったオムレツのようなものを鉄板に置いてくれた。

「こちらはもうできあがっていますので、このままお食べください」

「やった！」

空腹をもてあましていた先生は、さっそくヘラで二つに切って、いっぽうを私のほうへ寄せてくれた。

「いただきます」

卵が半熟で、とろとろしている。熱そうだな、と思ってふーふー息を吹きかけていると、向かいから「あっつ！」という先生の声が聞こえた。

「気をつけてくださいね」

「熱いけど、めちゃくちゃおいしい〜！」

満面の笑みを浮かべている。

「例の、転院してきた方、大変そうだね」

ハフハフと、とん平焼きを食べながら先生が言う。

「ひどいですよ。あんな病院、本当にあるんだって思っちゃいます」

「そうねえ。私が外勤で行くところも、あそこまでひどくないけど、もう少しどうにかならないかなってところ、けっこうあるよ。単純に、人手不足ってこともありそうだけど」

「医者も看護師も介護職も、どこも本当に足りてないですもんね」

「うん。特に、高齢者の施設は大変そう……。それにしても、松岡先生ってけっこう熱心なのね。転院してきた方の担当でしょ？　うちの病棟きたばっかりなのに、しっかりしてるなって思った」

畑山さんへの松岡先生の指示は、迅速で丁寧だった。

「ちょっとチャラいのかと思ってましたけど、ちゃんとしてますよね」

「うん。それに、卯月さんのこと気に入ってるみたいだし」

私は、驚いて顔をあげる。

「え、なんで柊先生がそんなこと知ってるんですか」

「あ、知ってる、ってことは本当なんだ」

「いや、違いますって。同僚が冷やかしてくるだけで」

「あはは。同僚って、遠野さんでしょ？　だって、私、遠野さんから聞いたんだもん」

なんだあ〜と笑ってしまう。まったく、あの子はおしゃべりだ。

「先生こそ、婚活はどうなってるんですか？」

柊先生は今年三十五歳で、独身。今は恋人もおらず、最近婚活を始めたらしい。

「なかなか難しいね。まず、女医ってだけでマッチング率が下がるらしいよ」

「そうなんですか？」

「なんだかんだ言って、自分より稼ぐ女と結婚するのって、プライドが許さないらしいんだよね」

「へえ、そういうもんですか」

「くだらない、って思っちゃうけど、そういうもんらしいよ」

「言われてみれば、女の先生たちって、医者同士で結婚しているイメージありますね」

「そうなのよ。医学部時代に出会ってそのままゴールインも多いね。同じ職場だから出会いやすいってのもあるし。そういえば、前にきた研修医の女が、自分の指導医と不倫してそのまま略奪結婚した、なんて話もあったな……」

不倫と聞いて一瞬、九条主任の顔が浮かんでしまう。ただの噂に流されてはいけない。

「えー、なんか、どろどろしてますね」

「やだよね。けど、やっぱり若いうちは憧れちゃうんだよねえ。どんな職業もそうかもしれないけど、特に女性は仕事ができる男に惹かれたりするじゃない？　医者は、患者さんが急変した時の対応とか、手術が上手いとか、わかりやすく『すごいな』って思うシーンが多いしさ」

「たしかに。あと仕事とはいえ、どうしても一緒に過ごす時間も長いですからね、私たちは」

「卯月さんは先輩看護師とか医者をいいなって思ったことはないの？」

「うーん、やっぱり職場は職場だし、誰かをかっこいいとか思う暇もなく、ここまできちゃった感じですかね」

「やっぱ真面目だなー。でも正しい気がする。職場恋愛って結局、ろくなことないのよ」

「え、柊先生なにかあったんですか？」

「まあもうはるか昔のことだけどさ、研修医時代にね……。やっぱきついじゃない、研修医って。初めて患者さんを看取って辛かった時に、同じ科の先輩が気にかけてくれて、わざわざ屋上で話聞いてくれたりしてさ。あー、これはやばいなーって思ったことはあったかな」

「わあー、それはキュンとしちゃうかもですね！ 弱ること多いからなあ、この仕事」

「ま、蓋を開けてみたら、その医者にはしっかり学生時代から付き合ってる女医の彼女がいたんだけどね。それを知ってからは妙に意識しちゃって仕事しづらくなってさ。以来、職場恋愛は絶対しない主義！」

「なるほど……。なんだかんだ、男性の医者ってどこ行ってもモテるし、それを分かってる人も多い気がします」

みんなけっこう職場でも恋してるんだな……。私、やっぱり疎《うと》いのか。

「看護師同士は、病棟内で付き合うこととかないの？」

「うーん、あると思いますけど、そもそも男性看護師が少ないですから。あと、同じ病棟内で付き合っていても、まわりに言わないんですよね。バレるとどっちかが異動させられるって聞いたことあります。仕事がやりにくくなるのも嫌ですし、こっそり付き合っている人が多いんじゃないですかね。長期休暇の希望をひそかに合わせたりして、結局バレるみたいですけど」

「若い独身の男性看護師がいたら、モテそうだね」

「いやあ、どうでしょう。女の多い職場だから、肩身が狭いっていう人のほうが多そうです」

あはは、と先生は声を出す。

「看護師さんたちは、気が強そうだもんねえ」

「女医さんも、ですけどね」

ふたりで顔を見合わせて笑った。

「先生は、お子さんほしいんでしたっけ？」

「うーん。ほしい気持ちもあるから自分の年齢が気になっちゃうんだけど、子育てしてる友達見てると、信じられないくらい大変そうなんだよね」

「前に病棟にいた主任さんも、子育てと仕事の両立のために外来に異動しましたよ」

「ああ、御子柴主任でしょ？　男性でそれができるの、ほんとすごいし、えらいと思う。イクメンなんて言葉はあるけど、男性が復帰したあと同じ役職に戻れるのかわかんないじゃない？　結局出世できなくなるのが嫌で、やっぱり男性の育休は厳しい、みたいなことになっている気がするんだよね。それに……元気な健常児でも大変そうなのに、病気や障がいのある子だったらって思ったら、想像を絶する。小児科の研修のときにも思ったけど、並大抵のことじゃないよね」

「小児科の実習は切なすぎて私も心が折れたので、きついのわかります。あの子たちの親御さんたちはいったいどれほど大変だろう、と思います」

「友達の子でもさ、グレーゾーンの子がいるわけよ。特別支援学級ではないけど、普通の勉強はついていけない。お母さん、すっごい悩んでる……。まあ、子育ての心配の前に、結婚できるのかって話なんだけどね」

先生は肩をすくめた。

「あ、そうそう。それで、最近ブライダルチェックを受けたんだ」

「結婚前の、婦人科検診でしたっけ？」

「そう。一応婚活しているし、自分の体のこと知っておいてもいいかなと思って」

「大事ですよね。私ぜんぜん検診行ってないです」

「行っておいたほうがいいと思うよ。結婚しなくても、自分の体とは一生の付き合いだからね。とはいえ、私、本当に結婚したいのかな〜」

先生は、とん平焼きを頬張りながらため息をつく。

「このままひとりでおばあちゃんになるのかなって思うと、さみしい気もするんだけど、この年までひとりでいると、パーソナルスペースに踏み込まれたくないって気持ちもあるのよ。孤独は嫌だけど、個人の時間は大事っていうか。その感覚が似てる人じゃないと、厳しいと思う」

「わかる気がします。お互いの家族との距離もありますよね。自分と相手は良くても、相手の家族との距離感とか価値観があわないと難しい」

「ほんと、それ。結婚してる友達からお正月の集まりの話とか聞くけど、めっちゃ大変そうだもん」

私は兄の奥さん、志織《しおり》さんのことを思い浮かべる。表面的には仲良くしていても、友達に愚痴を言うようなこともときにはあるのかもしれない。

「何はともあれ、先生の婚活がうまくいくように願ってますよ」

「あ、ぜんぜん思ってなさそう。適当なこと言って〜」

先生は笑いながら、やっと焼きあがったお好み焼きをヘラで切り分けた。

松岡先生の処方してくれた薬のおかげで、畑山さんのお通じは少しずつ出るようになっていた。摘便をしているとカーテンの外から声がする。

「失礼します。担当医の松岡です」

「処置中です」

「摘便してます？　観察していいですか？」

「畑山さん、先生も入りますね。どうぞ」

畑山さんに断ってから、返事をする。先生がそっとカーテンを開けて、すばやくベッドサイドに立った。

「だいぶ出るようになりましたね」

「はい。ずいぶんよくなったと思います」

先生が、ゴム手袋をつけて畑山さんのお通じを指で触った。

「ああ、いい感じに柔らかくなってきてる。よかった」

看護師は、患者さんの身の回りのお世話をするのが仕事のひとつだから、排泄のケアも慣れている。でも、先生たちは治療が仕事だから、直接ケアに入ることはほとんどない。

それなのに、松岡先生は畑山さんのお通じを確かめにきた。それも、わざわざ自分の手で触って。

「畑山さん。もう少しリハビリが進んだら、車椅子に乗る練習も始めましょうね。離床《りしょう》すればそのぶんお腹が動いてお通じも出やすくなりますし、お腹がすっきりしてくれば、気分も良くなると思いますよ」

にこやかに話しかける先生を見て、心が少しだけ、乱れる感じがした。

天井には、畑山さんの「思い残し」の空が、晴々と広がっている。

処置を終えてナースステーションへもどると、お風呂介助を終えた北口と丹羽が、暑そうに顔をほてらせていた。

「お風呂暑かったでしょ。ふたりともお疲れさま」

「やっぱり夏はきついですね」

「ちょっと水分補給してきたら？」

「ありがとうございます」

休憩室へ向かうふたりを見送る。こころなしか、北口の元気がないように見えた。

「ねえ、おじいちゃん、これ食べれる？」

十四時を過ぎたころ、小さな男の子の声がする。

「看護師さんがいいって言ってたから、大丈夫よ」

「やった！」

畑山さんと同じ部屋の患者さんに、ご家族が面会にいらしている。お孫さんもきていて、楽しそうだ。差し入れのクッキーを一緒に食べている。

畑山さんには、ご家族がいない。長期入院していたからか、会いにくるご友人もいない。私は、ベッドサイドへ行って畑山さんに話しかけた。
「もう少ししたら、午後のリハビリの先生きますからね」
関節の拘縮が強いので、理学療法士さんが部屋までリハビリをしにきてくれている。畑山さんはしゃべらないけれど、最近目をあわせてくれるようになった。私の言葉に、小さくうなずいたように見えた。

病棟の窓を叩くように雨が降っている。ピカッと空が光って、ゴロゴロとすごい音をたてて雷鳴《らいめい》がとどろく。引き継ぎを終えて帰ろうとした矢先の、突然のゲリラ豪雨。

休憩室へ行って、スマホの雨雲レーダーアプリを確認する。あと三十分ほどは、この状態が続きそうだ。少し時間をずらして帰ろう、と冷蔵庫からお茶を出して椅子に座った。

鮮やかな花火みたいに空が光って、ドン！　バリバリと破裂音のような雷が鳴る。アンちゃんはどうしているだろうかと、心配になった。雷や大雨を怖がってしまうペットはよくいるらしい。アンちゃんは意外と平気なほうだけれど、今日の雷はなかなか激しいから、ベッドの下に逃げているかもしれない。帰ったら、おやつをあげて気をそらしてあげよう。

「すごい雷ですね」

休憩室に北口が入ってきた。

「もう少し続くっぽいよ」

私は、スマホの画面を北口に見せた。

「ちょっと休んでから帰ろうかな……」

ぼそりと言ってから、北口も冷蔵庫からお茶をとり出して、私の隣に座った。ふたりで、ピカピカ光る空を眺める。

「丹羽は？」

「今日は、ほかの病棟の新人たちと一緒に合同研修があるそうです」

「そっか。一年目は大変だね」

「そうですね……」

北口はお茶をひとくち飲んで、ふーっと息をはいた。

「プリセプターはどう？　大変？」

「そうですね。大変ですけど、たぶん私を指導していた遠野さんのほうが大変だっただろうなって思います。丹羽さんは、仕事早いですし、覚えもいいし、患者さんにもやさしいです」

「そうか。優秀だね」

「はい……」

言葉のわりに、北口の口調は煮え切らなかった。何か言いたいことがあるのだろうか。でも、無理に聞き出すものでもないし……。

空を眺めながら考えていると、北口が「あの……」と話し出した。

「偏見とかじゃないんですけど……精神的に不安定な人が看護師をやるのって、どう思いますか？」

「ん？　どういうこと？」

「その……情緒が不安定というか。たとえば、心療内科に行くような症状のある人とか……」

「それは、本人の負担によるんじゃない？　仕事がストレスになっているなら、無理しないほうがいいかな、と思う。ちょっと休むとか異動するとか、いろいろ選択肢はあるし。あとは、仕事に影響が出ちゃうようなら、考えたほうがいいと思う。でも、そうじゃないなら、薬飲みながら働いている人も知ってるよ。私の友達で、自律神経失調症《じりつしんけいしっちょうしょう》になっちゃって安定剤飲んでる子いたし、夜勤やると不眠になるからって、眠剤飲んでる人も知ってる。だから、本人の具合と主治医の判断によるかな、と思うけど……」

「……そう、ですよね」

「どうしたの、大丈夫？　専門家に相談したいほど、悩んでることがあるの？」

「あ、いえ。私じゃないです」

北口が、お茶のペットボトルを握って少しもじもじしてから、

「あの……丹羽さんって、いつもベルトの太い大きめの時計しているじゃないですか」

と言った。

それは、私も知っていた。丹羽はいつも、細い腕に不釣り合いなほどベルトの太い時計をつけている。

「今日お風呂介助のとき、丹羽さんがその時計をはずしていたんですよ。それで、初めて気づいたんですけど……左の手首にリストカットの痕《あと》が見えて」

あら……と思う。看護師にも、自傷癖《じしょうへき》のある人がいないことはない。

「血が出ているような、新しい傷じゃないんです。だから、たぶん就職する前のことなのかな、と思うんですけど……。見つけたときはびっくりしちゃって、でも本人には聞けなくて」

うんうん、と話をうながす。

「心療内科とかに通っているのかもわからないんですけど、やっぱりリストカットしちゃう子って、不安定だと思うんです。でも、丹羽さんはぜんぜんそういう風に見えなかったから、どこかで無理しているんじゃないかなって、余計に心配になっちゃって」

「そっか。だから、今日の北口は元気がなかったのか」

「私、元気なかったですか？」

「うん、ちょっとね。けど、暑かったから疲れたのかなって思ったけど、そっか。そんなことがあったんだね」

「……どうしたらいいでしょうか」

「うーん。本人からは、何も言われてないんだよね？」

「はい」

「北口から見て、今の丹羽はつらそう？」

「そうは見えなかったんです。マンツーマンで指導をする時期を過ぎて、独り立ちしてからも、毎日ちゃんと予習復習しているみたいだし、元気に頑張っています。『今日は疲れました！』とか、きつかった日もちゃんと言葉にして伝えてくれるし。だから、手首の痕を見つけるまでは、まったく何の心配もしていなかったんです。仕事楽しいんだろうなって思ってたし、このまま順調に成長してくれたらいいなって……」

「でも、そうじゃないかもしれないって、思った」

「……はい。見えないところでどのくらい悩んでいるのか、わからなくなっちゃって。それに、どんなにつらくても、自傷行為をしちゃう人としない人と、わかれると思うんです。丹羽さんは、行動しちゃう子なんだって、私がもうそういう目で見ちゃって……どう接したらいいのかわかんなくなっちゃったんです」

「うんうん、わかるよ。自分の言ったことで、この子がまたリスカしちゃったらどうしよう、とか、思っちゃうよね」

「……そうなんです。昨日までと同じようには付き合えないのかなって思っちゃって。でも、この考えが、もう偏見ですよね」

「うーん、心配だから気になるんだよね」

北口は、唇を噛んでうつむいた。

リストカットをする理由は人それぞれだけれど、自分の中にあるどうしようもない感情を、自分を傷つけることでコントロールしようとする人が多いと言われている。不安やストレスを処理するために自分を傷つけて心の痛みを和らげる、いわば対処行動のひとつだ。

「……たとえば丹羽が、リストカットじゃなくてヤケ酒飲む子だったら、どう思う？」

「ヤケ酒、ですか？」

「そう。体に悪いほどの量を飲んでストレス解消する子」

「……それも、心配です」

「じゃ、何も対処しないで溜め込んじゃうタイプだったら？」

「えっ、それはそれで気になります」

「接し方、変わる？」

「……変わる、かもしれません」

「じゃあ、運動とか友達とランチとかして、健全にストレス解消できる子だったら、注意の仕方が厳しくなるってこと、ある？」

「いや、それはないと思いますけど……」

「そうだよね。新人に限らないことだけど、相手を深読みして先回りする必要はないんじゃないかな。心配しすぎて北口の元気がなくなったら本末転倒だし。もちろん、個人に合ったコミュニケーション法はあると思うけど、健全にストレス解消ができる人だからって、傷つくような言い方をしていいわけじゃないでしょ？　それに、リストカットしちゃう子だからって、看護に必要な注意をしなくていいわけじゃない。これは、患者さんでも同じだよ。何でも受け入れているように見える人だからって、配慮のない言い方をしてもいいわけじゃない。逆に、注意したら怒っちゃうような人だからって、治療上必要なことを伝えなくていいわけじゃない。そうでしょう?」

「それは、そうです」

「もちろんリストカットをまったく気にしないのは難しいと思うけど、今まで通り、北口らしく丹羽と関わっていけばいいと、私は思うよ」

「……言われてみれば、そうですね」

「でも、心配なんだよね」

「はい。いい子だから、余計に。つらいことも我慢しているんじゃないかって……それがどこかで爆発したら、また自分を傷つけるようなことがあるんじゃないか。そんなことになったら、やっぱり私もつらいですし……プリセプターとして抱えきれる気がしないです」

「そっか……。そしたら、今度一緒に師長さんに相談してみようか」

「え……いいんでしょうか。私も卯月さんに言っちゃいましたけど、丹羽さんは、誰にも知られたくないかもしれないです」

「師長さんは、私たちのことをすごく考えてくれているよ。もし丹羽に自傷癖があるなら、知っておきたいだろうし、北口の悩みも把握しておきたいと思ってくれると思う。

それに、当たり前だけど無闇《むやみ》に言いふらすような人じゃないから、安心して相談したらいいよ」

「はい。ありがとうございます……。一緒に相談できるタイミングがあったら、お願いしたいです」

「わかった。あんまり思いつめないでね」

「はい」

北口は、ふーっとまたため息をついて、お茶を飲んだ。外ではまだ雷鳴がとどろいている。

香坂師長は、長い髪をきつくひっつめて、お団子にまとめていた。つりあがった目元が、怖い印象をぬぐえない。背筋を伸ばして面談室に座る姿は凜々《りり》しく、堂々としている。

「それで、話というのは？」

北口に話を聞いた翌日、北口と丹羽のことで相談があると伝えると、師長は日勤のあとすぐに時間を作ってくれた。厳しく見えるけれど、実はすごく部下のことを考えている上司なのだ。

北口は、緊張した様子でもじもじしながらも、丹羽のリストカット痕について心配していることを相談した。自分がプリセプターとしてやっていけるのか、という不安も吐き出した。

師長は、ときどきうなずきながら、最後まで黙って聞いていた。

「わかったわ。そうね……。丹羽さんは、同僚に言うつもりはなかったみたいなんだけど、見てしまったら心配するのは当然よね。北口さんにだけは言っておけばよかったかしら」

「もしかして、香坂さん」

私は、思わず口をはさんだ。

「うん、私は知っていたのよ。丹羽さんから、最初の面談で言われていたから」

「そうだったんですか」

「ええ。今はもうしていないし、つらいことがあっても傷つけたくならないって言って、痕を見せてくれたわ。私は、過去にどんなことがあっても、今の丹羽さんと一緒に働きたいって思っているから頑張りましょうね、って伝えたの。でも……ごめんなさいね。北口さんは彼女のプリセプターだから、言っておくべきだったかもしれないわね。あと、お風呂介助のときは、湿布でも貼って隠すように言っておくわ。患者さんが見たら驚くかもしれないから」

　師長さんは、さすがだと思った。もしかしたら、丹羽が今元気に頑張れているのは、自分のことを告白してもしっかり受け止めてもらえたからなのかもしれない。

「いつ、どうして自傷行為をしてしまったか、みたいな詳しい話は、私からはしないでおくわね。さすがに、勝手に話していいことじゃないと思うから」

　北口は口をむすんで黙っていたが、意を決したように顔をあげた。

「私は……どうしたらいいでしょうか」

「あなたは、どうしたいの？」

　北口は、しばらく考え込んだ。香坂さんは、じっと待っている。

「プリセプターをやめたいとは思いません。つらいことがあって自分を傷つけちゃった時期はあったかもしれないけど、今頑張っている丹羽さんと、私も一緒に働きたいと思います」

「そうね」

「それで、もしまたつらいことがあったら、一緒に乗り越えられるような、頼れる先輩になりたいです」

　北口は、うっすらと目に涙を浮かべていた。手首の痕を発見してから、そうとう悩んで、苦しかったのだろう。

「それがいいと思うわ。私はいつでも相談に乗れるから、遠慮しないで言ってね」

香坂さんがやさしく微笑んで、北口はうなずいた。


「卯月さん、ありがとうございました」

面談を終えて、一緒に更衣室まで歩く。

「相談できて、よかったね」

「はい。師長さんって、すごいですね。本当に、私たちひとりひとりのことをちゃんと考えて、受け入れてくれてる……」

「尊敬しちゃうよね」

「はい。師長さんに話せたことで、私の中でも、今まで通り丹羽さんと一緒に働きたいっていう気持ちがはっきりしました。何かあったら、力になりたいです」

「そうだね。丹羽が今後もひとりで抱え込まないで済むように、つらいときは支えてあげようね。それは、北口も同じだよ。ひとりで悩まないで、師長さんでも私でも遠野でも、誰でもいいからちゃんと相談するんだよ」

「ありがとうございます」

いくぶん、表情がやわらいでいた。北口は、丹羽との関係を通じてきっと成長していくんだろうと思うと、誰かを指導することは本人を大きくするんだな、と改めて感じた。

「卯月さん、畑山さんの車椅子練習、何時がいい？」

畑山さんは、少しずつリハビリが進んでいて、動ける範囲が増えてきた。松岡先生の付き添いのもと、車椅子に乗る練習も始まっている。

「先生がよければ、十四時ぐらいがいいんですけど」

「僕は大丈夫だよ」

「その時間、ちょうど病棟の面会がはじまるので、同じお部屋のみなさんのところにご家族とかお友達がくるんです。畑山さんにはどなたのご面会もないので……ご本人がどう思っているかはわからないんですけど、その時間に車椅子に乗って部屋を出られたら、気分転換にもなるかなって」

「そういうことね。卯月さんはやさしいなあ」

「それと、もし大丈夫そうなら、短時間でいいので外に出られませんかね？」

「外？」

「何年も岩園病院に閉じこもっていて、今度はここで寝たきりです。転院のときだってずっと車でしたし。夏を体感してもらおうかなって」

「いいねえ！　季節を感じるのは、やっぱり気持ちいいからね！」

先生は笑顔で「じゃ、十四時前に来るね〜」とナースステーションを出ていった。

畑山さんの「思い残し」の青空を思い浮かべる。外に出られたら、空が見られたら、心残りは少しでも減らせるだろうか。


「ご気分悪くないですか？」

車椅子に乗った畑山さんは、リハビリの成果もあってしゃきっとしていた。血圧も落ち着いており、姿勢もいい。安全のための、落下防止のシートベルトをつける。

「畑山さん、やっぱり座ると気分変わるでしょ？」

先生が視線をあわせて話しかける。

「今日は外に出てみようと思います。どうですか？」

畑山さんは、小さくうなずいた。

私は車椅子を押して、先生と三人でエレベーターに乗る。

外来を抜けて外へ出ると、むわっと蒸し暑い熱気がたちこめて、じりじりと日が差した。

「うわー、暑いですね！」

先生が楽しそうに笑いかける。

「ずっと病室にいたら、わかんないですよね。日本の猛暑はこんなにすごいんですよ」

畑山さんは、拘縮した腕をふるふると震わせながら、自分の手で腕を撫でた。

「暑いですよね」

私も声をかける。

ジージーとセミがうるさく鳴いている。風が吹いて、街路樹の葉がざわざわ揺れた。

畑山さんは、風に髪をなびかせながら、ゆっくり空を見あげた。私も、一緒に空を見る。まぶしいほどの青に、真っ白い雲が浮いていた。

「きれいですね」

「夏って感じだねえ」

先生も、空を見あげている。

「うう、ううう」

畑山さんが、声を出した。見ると、痩せた頬に涙がつたっている。

私は、ポケットからティッシュをだして、そっと顔をぬぐった。

「き……」

畑山さんが、何か言葉にしようとしている。じっくり耳をすませた。

「き……きれい」

私は、胸にあついものがこみあげてきた。

「本当に、きれいな空です」

「きれいでしょ！　ねえ、空っていいですよね！」

先生が、興奮気味にしゃべっている。きっとうれしいのだ。

ご家族がいなくても、お友達の面会がなくても、空が美しいことにこんな風に感動できる瞬間がある。ずっと病院で過ごすことになったとしても、それを不幸だと決めつけてはいけない。同じ空を眺められる……そのために、医療や福祉の人間がいるのだ。一緒に喜びを感じられる、私たちがいる。

「きれい……きれい」

畑山さんは空を見あげて、しばらく泣いていた。

ベッドにもどってからも、畑山さんは満足そうなお顔をしていた。バイタルは問題なく、今後も定期的に車椅子の練習ができそうだ。

部屋の天井には、もう空はなかった。必要なくなったのだ。いつでも、本物の空を眺められるから。私は、「思い残し」には執着しないと決めていたけれど、解消できるとやっぱりうれしい、と思った。

いい日だったな……。

ソファにだらしなく座って、ひとりで缶ビールを開けた。プシュッといい音がする。

アンちゃんは、最近買ってあげた鈴の鳴るオモチャに夢中で、リンリン鳴らしながら追いかけて駆けまわっていた。

「それ、楽しそうだけど、寝るときは片付けるからね」

話しかけながら、缶をかたむけてぐびりとひとくち飲む。思わず、はあ～と声が出た。看護の醍醐味を改めて感じる日だった。こういう日は、ビールがよりおいしい。

豚バラスライスと野菜を炒めて、焼肉のタレで味付けしただけの簡単な夕飯を頬張りながら、それにしても……と、松岡先生の顔を思い浮かべる。畑山さんが空を見あげて涙を流したとき、先生もとてもうれしそうだった。あんな風に患者さんと一緒に喜べる人なんだ……。ちょっとイメージと違ったな。

そのとき、スマートフォンが振動した。手を伸ばして画面を見て、わっとスマホを落としそうになる。

橘英俊さん。大学院で一緒だった、橘さんからのラインだ。

心臓がいっきにどきどきしだして、思わず姿勢を正した。二ヵ月ぶりの連絡だ。どうしたんだろう。そっと、画面をタップする。

【久しぶりです】

あいかわらず、絵文字も何もないそっけない文面。それでも、やっぱりドキドキしている。ひとつ息をして、ビールを飲む。

【来週、うちの近所で大きなお祭りがあるのですが、よかったら一緒に行きませんか？　打ち上げ花火もあって、けっこう盛り上がります】

しばらく、じっと画面を見つめた。デートのお誘い……ということでいいのだろうか。メッセージは既読になっているはずだから、早く返事をしたほうがいいのだろうけれど、ドキドキしてしまって、何度も読み直してしまう。

なぜか、さっきまで思い出していた松岡先生の元気な笑顔が、一瞬脳裏をよぎった。ぶんぶんと頭をふって、手元に集中する。ビールをテーブルに置いて、しっかりスマホを持ち直した。

【お久しぶりです。私は元気です。お祭りですか？　楽しそうですね。花火、大好きです】

大好きです……。

自分で書き込んだメッセージに顔が熱くなる。いやいや、大好きなのは花火のことだ。まったく、中学生じゃないんだから、と自分が情けなくなる。思い切って、えい！　と送信する。

すぐ既読になった。そわそわする。

テレビ台の上に飾った千波《ちなみ》の写真を眺める。

かつてのルームメイトで、私の大好きだった人。

突然の事故で、私は彼女を失った……。

千波のことはずっと忘れない。でも、あれから七年たって、私はようやく前を向き始めている。

「ねえ、橘さんって、私のことどう思ってるんだろうね……」

チリチリのパーマをお団子にした親友は、写真のなかでやさしく微笑んでいた。

指定された駅は、降りたことのないところだった。陽が傾きはじめて、気温も少し過ごしやすくなってきている。お祭りがあるからか、駅前にも人が多かった。

何度も着替えてやっと決めたマリンブルーのワンピース、変じゃないだろうか。髪型は、おかしくないだろうか。駅前にある証明写真機の鏡をチラチラ見てしまう。

そのとき、遠くからポケットに手をいれた橘さんの姿が見えた。体格がよく、シンプルな白いTシャツの胸板が厚い。ハッとして、何度も前髪を直した。

「卯月さん、お久しぶりです」

久しぶりに会う橘さんは、精悍《せいかん》さに磨きがかかったように見えた。最近連絡がなくてさみしいと思っていたけれど、仕事が充実しているのかもしれない。救命救急センターは大変だろう。そこで、専門看護師としての手腕を発揮しているにちがいない。

あいかわらずのポーカーフェイスは、私に会えてうれしいのかどうかよくわからないけれど、私のほうはなんだか照れくさくて少し顔をふせた。

「お忙しいのに、わざわざお誘いいただき、ありがとうございます」

緊張してしまって、妙によそよそしくなってしまう。

「いえいえ。こっちです」

歩き出す橘さんのあとについていく。前に会ったときより、背中が大きく見えた。

「このあたりから、出店が出ているんです」

角を曲がって、橘さんが振り返る。

いっきに景色が変わった。

思わず、わあーと声をあげる。道の両サイドに鮮やかな屋台が並んでいた。金魚すくいの水や、キャラクターのお面、わたあめの袋に西日が反射して光っている。歩行者天国になっているらしく、道は人であふれていた。人々の楽しそうな声が響き、お囃子《はやし》みたいな音楽がずっと鳴っていて、別世界に来たみたいだ。

「お祭りって、こんなにすごいんですね……」

「今年は卯月さんと来られたから、景色がいつもより輝いているんですよ」

橘さんと目があって、思わず見つめ合ってしまう。こんなキザなことを言う人だったっけ。

自分でもそう思ったのか、橘さんは恥ずかしそうに顔を赤くして少し笑った。

3　希望を抱き続けて

クーラーの効いた待合室で受付を済ませ、はあーっとひとつ息をはいた。もう十月だというのに、厳しい残暑が続いている。タオルで汗をぬぐって、ソファに座った。

全体が薄い水色で統一されていて、いい香りのディフューザーが置いてある。駅前の婦人科クリニックだ。

柊先生からブライダルチェックの話を聞いて、検診くらいは受けておこうと思ったのだけれど、意外と混んでいて、なかなか予約がとれなかった。

「5番でお待ちの方、3番診察室にお入りください」

診察室に呼ばれるときも、全部番号で管理されている。プライバシーが守られているのだ。また、婦人科と産婦人科の待合室が別々に用意されていた。不妊治療に通う人と妊婦さんとが同じ部屋で待たなくていいように、という配慮らしい。デリケートにできているな……と感心する。

「6番でお待ちの方、2番診察室へお入りください」

私は自分の番号札を確認して、2番診察室をノックした。


久しぶりに受けた婦人科の検診は、やっぱりしんどくてぐったりしてしまう。検査の性質上、必要なこととはわかっているけれど、あの診察台の上でリラックスできる人なんかいないだろう。姿勢は屈辱的だし、器具は冷たいし、生検はちょっと痛いし……。もう少し気楽な検診ならみんなもっと行くんじゃないか、と思ってしまう。

頑張った自分へのご褒美に、駅前に新しくできたドーナツ屋さんに入った。チョコレートのかかったドーナツは、甘すぎなくてなかなかおいしい。アイスコーヒーともよくあうな、と思いながらスマホを手にとる。

夏にお祭りに行った日から、私は橘さんに前みたいに変に緊張しないで、自分からラインできている。

お祭りで撮った写真を眺める。

私は、汗で前髪がおでこにはりついていたし、橘さんはビールを飲んで少し顔が赤いけれど、ふたりとも楽しそう。いつもそっけないのは、もしかしたらシャイなだけかもしれない、と思った。お互い忙しいから頻繁には会えないけれど、こうやってときどき出かけられればうれしいなと思う。

とはいえ……付き合っているわけじゃないんだよなあ、と考える。ときどき会えればいい、なんて考えじゃ、ダメなのかなあ。

ドーナツを食べ終えて、立ち上がる。今月は自分の専門看護師の試験がある。恋も大事だけれど、勉強もしなくては。

窓が少し開いていて、ほのかに甘い香りが漂っている。職員駐車場に大きな金木犀《きんもくせい》の木があるから、その花のにおいかもしれない。個室の沢田《さわだ》さんの娘さん、由子《ゆこ》さんが談話室の窓から外を眺めている。

「どうかされました？」

声をかけると、

「ここは景色がいいですね」

そう言って、お腹を撫でた。濃い緑色のマタニティドレスが大きくふくらんでいる。

「これから沢田さんのお部屋に行きますけど」

「はい。一緒に行きます」

個室へ入ると、沢田さんはベッドに横になっていた。水色の肌触りの良さそうなパジャマを着ている。旦那さんが選んでくるそうだ。由子さんは、ベッドサイドの丸椅子に「よいしょ」と言って座った。

沢田幸子《さちこ》さんは六十一歳の女性で、パーキンソン病を患っている。パーキンソン病とは、脳内のドパミンという物質が減少することで神経障害や運動障害を引き起こす難病だ。

沢田さんは診断を受けてから十年がたっており、もう歩くことはできない。数ヵ月前から認知症症状が出はじめており、混乱したり、興奮してしまうこともあったらしい。

私のほうを見ながら口をもごもご動かし、舌を左右につきだしている。混乱が強くなってしまった際に薬を増やしたため、副作用のジスキネジアという不随意《ふずい》運動が出現してしまった。これは、本人の意思ではどうしようもない。

パーキンソン病では飲み込む機能が落ちるうえ、ジスキネジアで誤嚥《ごえん》のリスクも高まっていたのだろう。今回は、誤嚥性肺炎を起こし入院してきた。

「ご気分いかがですか？」

「悪く……ない」

口元によだれがたれている。ジスキネジアがあると、どうしても口まわりが汚れやすい。そっとティッシュでぬぐいながら、あとで蒸しタオルを持ってこようと頭の中にメモをした。

「よかったです」

沢田さんのベッドの枕元には、うっすらと透けた目をつぶった赤ちゃんがいる。由子さんが妊娠中だから、赤ちゃんを心残りに思うのは当然だろう。

パーキンソン病が進行し認知症症状が出はじめると、余命は三年から五年と言われている。誤嚥性肺炎が死因になることもあると医師から説明されているだろうから、自分がちゃんと孫と会えるのか、心配なのかもしれない。

のどのあたりからゴロゴロと痰《たん》の絡む音がする。私はベッドサイドにある手袋をつけて、口腔内から吸引をした。沢田さんは、嚥下障害とジスキネジアでうまく痰を出せないため、定期的な吸引が必要だ。痰がたまりすぎれば、肺炎の悪化だけでなく、窒息のリスクもある。

私の母も、パーキンソン病を患っている。今は薬を飲みながら家で過ごせているし、絵本の朗読ボランティアをおこなうなど人との交流ももてている。沢田さんは、自分の力ではベッドから動くことができず、人との交流も少ない。

いつか母も沢田さんのようになるのだ、と思うと、公私混同はよくないとわかっていても、どうしても沢田さんの部屋にいる時間が長くなってしまう。いつかお母さんが動けなくなったときにも、丁寧に看護が提供されますように。その思いが、沢田さんへの行動に出てしまっているのかもしれない。

二年前、母がパーキンソン病と診断されたときの自分のことを思い出す。最初はなかなか受け入れることが難しかった。まだ大学院も修了していなかったし、仕事と勉強と家族のことでモヤモヤして、母に強くあたってしまったこともあった。

家族や友達に相談していくなかで、自分も患者の家族として看護される側になってい い、と初めて感じることができて、ようやく母の病気を受け入れられたのだ。それからは、看護師としての経験や知識を母の生活に活かしていきたいと思ってやってきた。

由子さんが、やさしく沢田さんの髪を撫でる。

「お母さん、早く肺炎よくなるといいね」

沢田さんが落ち着いて過ごせるよう、しっかり看護をしていこう。

「由子、来てたのか。体は大丈夫か？」

そこへ沢田さんの旦那さんが入ってきた。使い込まれた作業ジャンパーを着ている。建設関係の仕事をしているらしい。

「お父さんこそ、仕事大丈夫なの？」

「ああ、途中でちょっと顔出しただけだ、すぐもどる。幸子、肌着買ってきたぞ」

そう言ってから私に向かって「これ、新しい肌着です。着替えのときよろしくお願いします」と肌着を差し出した。

「ありがとうございます。次の体拭きで替えますね」

由子さんは結婚して家を出ているから、沢田さんは訪問看護や介護を導入しながら、自宅で旦那さんと二人暮らしだ。入院してきたときも、沢田さんの体は清潔にたもたれ、床ずれなどもなかった。旦那さんが丁寧に関わっている証《あかし》だ。

「じゃあ、由子、体気をつけろよ。看護師さん、よろしくお願いします」

「はい、お仕事お気をつけてくださいね」

旦那さんは、どうも、と頭をさげて部屋を出た。

「お父さん、マメですよね」

由子さんに話しかける。

「そうなんです。家にいても、いっつも動いていますよ。日曜大工も好きだし、家電の配線とかも全部できちゃうタイプです」

由子さんは、くすくす笑った。

「子供の頃、つかなくなったテレビを分解して直したこともあるんですよ」

「ええ、すごいですね。幸子さんのことも、とても大事にしていらっしゃる」

「そうですね。昔から仲良しです。そんな両親をずっと見ていたから、私もお父さんとお母さんみたいな家族になりたい、って思います」

由子さんは、幸子さんを眺めながらゆっくり自分のお腹を撫でた。


暗い廊下にリーンリーンとアラームが響いた。

夜勤中のアラーム音は何年目になってもビクッとしてしまう。焦りそうになる気持ちを落ち着け、駆け足で個室へ行くと、沢田さんの血中の酸素飽和度が低下していることを知らせる音だった。96％以上が正常値だけれど、モニターは94％になっている。

季節的に乾燥してきており、沢田さんの痰は粘性《ねんせい》が高く、排痰《はいたん》しにくい。痰を出しやすくする吸入薬が今日から始まった。痰がやわらかくなり、出やすくなったのは良いことだけれど、すぐに吸引しないとのどをふさいでしまう。

アラームを止めて、急いで手袋をつける。細い吸引カテーテルを手にとった。

沢田さんは目を覚ましていて、口をもごもごさせながら開けてくれたけれど、口腔内から痰は確認できなかった。口まで上がってきていないのだ。

「ごめんなさい。鼻からさせてもらいますね」

痰の吸引は口と鼻の両方からおこなえるけれど、鼻からするほうが痛くて、粘膜を傷つければ出血することもあり、患者さんの苦痛が大きい。でも、鼻からのほうが咳嗽《がいそう》反射をおこして排痰を促せるし、口からのどの奥までカテーテルを入れると、嘔吐《おうと》反射が出てしまう。

そのときの状況にあわせて選ぶ必要があるのだ。

鼻からカテーテルを入れ、粘膜を傷つけないようにクルクルとまわしながら吸引する。量が多そうだから長く吸引していたいけれど、一回の吸引は十秒以内と決まっている。処置中は呼吸ができないからだ。手際よくカテーテルを抜く。

モニターを見る。まだ酸素濃度は上がってきていない。

のどからゴロゴロと痰の絡む音が聞こえる。もう一回吸引しよう、と思ったとき、胸ポケットに入れていたＰＨＳが振動した。ナースコールが転送されるようになっている。部屋番号を見ると、さっきトイレに行った野口さんだ。トイレで覚醒したあとに眠れないのかもしれない。睡眠薬の要求かな、と予想をしながら小声で着信に出る。

「どうされました？」

「あの……転んじゃったんですけど」

え！　と内心驚く。今は、一緒に夜勤に入っている九条さんが休憩に行っているから、病棟には私しかいない。沢田さんの酸素濃度はもう少し観察しておきたい……。でも、転倒も緊急事態だ。

「すぐ行きますね」

声をかけてPHSを切る。

「沢田さん、もう一回だけ、すみませんね」

急いで吸引すると、酸素濃度が少し上がってきた。

「またすぐ来ますからね」

沢田さんに声をかけて、手早くアルコール消毒液を手にすりこみながら個室を出て、ナースコールのあった部屋へ急ぐ。

四人部屋の野口さんは、四十代の女性で右麻痺があり、リハビリのために入院している。

「大丈夫ですか？」

カーテンを開けると、野口さんはベッドのすぐわきで尻もちをついていた。

「さっきおトイレからもどったあと、眠れなくなっちゃって、ちょっと本でも読もうかなって思ったの」

そう言って野口さんは、ベッドから少し離れたところにある丸椅子の上に置かれた文庫本を指した。

「ああ、これを取ろうとして転んじゃったんですね」

「そうなの。そしたらひとりで立てなくなっちゃった」

「どこかぶつけましたか？」

「お尻だけ」

「頭は打ちました？」

「いいえ、打ってないわ。お手数かけるわね」

「いえいえ、お尻痛くないですか？」

「うん、今はね」

私は、床に座りこむ野口さんを抱えるようにしてベッドに座らせた。

「念のため、血圧測るので、待っててもらえますか？」

「わかった」

私は丸椅子の上の文庫本を本人に渡し、部屋を出た。

急いで血圧計をとりにナースステーションにもどろうとしたとき、隣の男性四人部屋のナースコールが光った。ナースコールが押されると、廊下の、患者さんの名札のところにあるライトが光る。私はそれを手で触って消して、部屋へ入る。

「どうされました？」

夜間のトイレは尿器でしてくれている患者さんだ。何だろう。

「ああ、卯月さん。便所行きたいんだ。大きいほう」

「わかりました。少しお待ちくださいね」

車椅子とポータブルトイレどっちが早いかな……と考えながら廊下へ出た瞬間、沢田さんの個室からリーンリーンと酸素濃度低下を知らせるアラーム音が響いた。

看護の仕事は、多重課題の繰り返しだ。基本的にいつもそうなのだけれど、ときどき突発的なことが重なる日がある。どうやら今日は、そういう夜らしい。

一瞬だけ立ち止まってやるべきことを整理する。

沢田さんの吸引と酸素濃度の確認――痰がつまれば窒息してしまう。

野口さんの転倒アセスメント――まだ血圧測定も外傷チェックもしていない。

排便の介助――排泄中は付き添いが必要だ。

これらに優先順位をつけなければならない。一番必要なのは、命を守ること。

そして大事なのは、これらを自分だけでできるのか、ということの判断だ。

私は「このくらいなら自分ひとりでまわせそうだ」という気持ちと、「転倒した野口さんがもしかしたら頭を打っているかもしれない」というリスクを天秤にかけ、少し迷ったけれど、九条主任が仮眠している休憩室の内線をコールした。

九条さんは、寝起きのむくんだ顔で、ボサボサの髪のまますぐにナースステーションにもどってきた。

「休憩中にすみません」

「大丈夫、大丈夫」

状況を手短に伝えると、

「じゃ、卯月さんは、沢田さんの吸引してから、排便の付き添いしてもらおうかな。俺は、野口さんのところ行くわ。必要だったらドクターコールしておくね」

と指示をくれた。

「わかりました」

当直の先生は仮眠をしながら一晩中待機してくれているから、夜中でも呼べばきてくれる。

私は急いで沢田さんの部屋へ行き吸引をして、酸素濃度の確認をする。上がってきたところをみはからって、便意を訴えた患者さんの部屋にポータブルトイレを運んだ。トイレにこもってしまうより、沢田さんのモニターのアラーム音が聞こえると思ったからだ。

「遅くなってごめんなさい」

四人部屋の男性患者さんはベッドに座って待っていた。

「いやいや、大丈夫だよ。今夜は、あちこちいろんな音が鳴っているねえ」

「騒がしかったですか。すみません」

「お疲れさんね」

患者さんはゆっくりとポータブルトイレへ移乗し、排泄を済ませた。

その後も次から次へと業務が重なり、結局、朝までふたりとも休憩なしで働いた。

沢田さんはあいかわらず痰が多かったけれど、定期的に吸引することで酸素濃度は保てている。野口さんの転倒は、当直の松岡先生に診察してもらった。頭部外傷や骨折を疑う所見はなく、バイタルサインも問題なかった。

バタバタしたけれど、患者さんはみんな無事に朝を迎えることができた。

「夜勤めっちゃ忙しそうでしたね。お疲れさまです」

引き継ぎを終えると、日勤の北口がねぎらってくれた。

「ときどきこういう日あるけど、結果的に何もなくてよかったわ」

苦笑しながら、思わず息をはく。隣で九条主任が「ふわあ」とあくびをした。

「じゃあ、日勤よろしくね」

休憩室へ行き、冷蔵庫から冷たいお茶を出してごくごくと飲んだ。疲れた体にしみていく。水分をとる時間もなかったのだ。

夜勤の相手が主任でよかった。年次があがってくると、夜勤も必然的に後輩と組むことが多い。今回は九条主任だったから、まかせても安心だった。

無事に乗り切ったし、とりあえず自分お疲れ……と、大きく伸びをした。

窓の外の、朝日がまぶしい。

更衣室で着替えて廊下へ出ると、当直明けの松岡先生がいた。

「あ、松岡先生。当直お疲れさまでした。夜中に呼び出してすいません」

「いやいや、ぜんぜん。転んじゃった人、なんともなくてよかったね」

先生たちは、当直が明けても夜勤看護師のように帰れるわけではない。このまま、夕方まで通常業務をこなすのだ。だから、当直医を起こすのは申し訳ないと思うこともあるけれど、患者さんの安全には替えられない。

コールしてもなかなか起きてくれない先生や、呼んでから二十分以上メイクに時間をかける女医など、いろんな人がいるけれど、松岡先生はすぐ来てくれたし、嫌な顔ひとつせずに診察してくれた。

私は、廊下の自販機で缶コーヒーをひとつ買って先生に渡す。

「わ！　卯月さんからの差し入れ？　いやあ、うれしいな！」

プルタブをひいて、ひとくち飲んだ。

「あー、当直明けにしみるねえ〜」

「無理しないでくださいね」

「ありがと。卯月さんにもらうコーヒーは世界で一番うまいなあ」

「おおげさです」

思わず笑うと、先生はじっと私を見てきた。

「……なんですか」

「卯月さんは、白衣だとけっこう大人っぽくてキリッとして見えるけど、私服は私服で、オフの感じが出ててかわいいね」

思わず目を見開いた。こんなことを臆面もなく言うなんて……。

もしこの場に香坂師長がいたら「それはセクハラですよ」と注意するだろう。でも不思議と嫌な感じはしなくて、正面から褒められるとこんなにも素直に心がはずむんだ、と自分でも意外だった。

「先生は、口がうまいですね……」

なんとか冗談を返す。

「いやいや、本当だって。僕は嘘がつけないタイプだからさ～」

顔をのぞきこまれて、ドキッとする。先生はにこっと笑って、

「夜勤お疲れさま。気をつけて帰ってね」

と、コーヒーを片手に、病棟のほうへ戻っていった。

もう、人のことからかって……と私は熱い頰を両手でおおった。


大忙しだった夜勤から数日たち、病棟は落ち着きをとりもどしている。

ナースステーションで記録をつけていると、病棟の内線電話が鳴った。病棟にはクラークさんと呼ばれる事務の人がいて、内線はほとんどクラークさんが出てくれる。

「はい。主任の九条ですか？　おります。少々お待ちください」

どこかから九条主任への電話だったらしい。

「九条さーん。小児科の外来から内線ですけど」

クラークさんが電話を保留にして九条さんに声をかけている。九条さんは慌てた様子

も緊張したはずなんだけどね、孫となると、またちょっと違うもんだね」

「沢田さんも、どきどきしていらっしゃるんじゃないですか？」

ベッドで横になっている沢田さんに声をかける。のどがゴロゴロと鳴っているため、一度吸引をした。

「あの子なら……らい、だいじょうぶ」

自分が出産を経験したことがあるからだろうか。旦那さんよりずっと落ち着いている。

「幸子は昔から肝がすわっているからな。そういえば、自分の病気がわかったときも、冷静に受け止めていたもんな。俺のほうがあたふたしちゃって……やっぱり、女性のほうが強いもんなのかなあ」

そう言いながら、旦那さんは何度もスマートフォンを確認している。出産にかかる時間は人によってずいぶん違う。連絡を待つよりほかにない。

「無事に産まれるといいですね」

「ありがとうございます。いやあ、緊張するなあ」

旦那さんが手をあわせてお祈りのようなポーズをした。私も一緒に祈ってから、部屋をあとにした。

スマホのアラームを止めるために布団から出した手が寒い。今日は一気に気温がさがると天気予報で言っていた。ついこの前まで残暑が厳しかったのに、室内はひんやりしている。

アンちゃんが布団に潜りこんで眠っている。私も布団の中に顔をいれて、あたたかいアンちゃんの肉球のにおいをかぐ。少し香ばしい、ポップコーンみたいなにおいがした。

顔を洗って適当にメイクをすませ家を出る。ゴトゴトと電車に揺られながら、車窓を眺めた。秋の空はどこまでも広く、清々しい。

「ただいま」

玄関を開けると、「おかえり」とお母さんの声がする。パーキンソン病の人は、発声に使う筋肉や神経も障害されやすいけれど、母はまだしっかり声が出せている、と少し安心する。

「プリン、買ってきたよ」

「あら！　ありがとう」

リビングのソファに座る母は、少し痩せたようにも見えたけれど、姿勢がよく、手の震えも少なかった。

私は紅茶を淹《い》れて母の前に置く。少しぬるめにした。

母はお土産のプリンを、少しずつ口へ運ぶ。

「これ、おいしいわね。どこで買ってきたの？」

「駅ビルにケーキ屋さんできてたから、そこで」

「今度、お父さんに連れていってもらおうかしら」

病気になっても、まだ好きなデザートを喜ぶことができる。こういう時間は当たり前じゃない。大事にしたいな、と思った。

「あと、これすごくあったかいわ。ありがとう」

パーキンソン病は、自律神経の調整がうまくいかなくなる。そのため、寒い時期は体温調整がスムーズにいかず、冷えを感じやすい。さっき、駅ビルの雑貨屋さんでかわいモコモコの靴下を見つけたので、お母さんに買ってきた。滑り止めつきだ。

「看護の試験、もうすぐじゃないの？　訪問看護の人も来てくださるし、お父さんが家のことはやってくれてるし、無理して来なくてもいいのよ？」

「うん、大丈夫。負担にならない程度にさせてもらっているから、気にしないでね。それに、専門看護師の試験って暗記とかじゃないから、今から慌ててもどうにもならない感じかも」

「そうなのね。お母さんは難しいことはわからないけど、咲笑が選んだ道だから、応援

している わ」

いつかお母さんも寝たきりになってしまうかもしれない。それでも、私たち家族は変わらないだろう。発症から月日がたち、みんなが少しずつ受け入れた今なら、そう信じられた。

「咲笑が来るからって、お父さん今夜はトンカツにするって言ってたわよ。試験に勝つようにって」

お母さんが笑う。

「わあ、ありがたい。ご利益《りやく》にあずからなくちゃ」

いくつになっても心配したり、応援してくれる家族がいる。それは、すごくありがたいことだと思った。

「あ、卯月さん、ちょっといいですか」

個室の前をとおると、沢田さんの旦那さんが廊下に出てきた。もこもこの裏起毛《うらきもう》のついた作業ジャンパーを、腕に抱えている。

「幸子を赤ん坊に会わせるのは、難しいですかね……」

沢田さんの娘さんは、先日無事に出産をすませた。母子ともに健康だそうだ。そろそろ退院できるらしい。

「幸子さんも、会いたいですよね」

「そうなんです……。私は、会わせてやりたいし、本人も会いたいに決まっているんです。でも、言葉にはしません。私や、看護師さんたちを困らせないようにしているんだと思います。しっかりもので、ワガママを言わない女ですから……」

長年一緒にいるからこそ、沢田さんが本当は我慢しているのかもしれない、と思っているのだろう。

「今の状態ですと、ご自分では痰がうまく出せないので、先生に相談しないと何とも……」

「そうですよね……」

肺炎が悪化してしまうことも考えられるし、外出中に痰をつまらせれば、窒息してその場で亡くなる可能性もある。でも、初孫に会わせてあげたい。旦那さんも、状況を理解しているからこそ、葛藤しているのだ。

「私たちも何か方法がないか、考えておきますね」

「はい。よろしくお願いします」

旦那さんは、深く頭をさげた。

「外出は、厳しいですかね」

カンファレンスの時間に沢田さんのことを議題にあげた。

「せめて痰がもう少し減ればなあ」

九条主任があごを撫でる。

「けっこう粘性の高い痰がたまっていますよね」

「見まわりごとに吸引しないとダメな感じです」

みんな口々に状況を話し出す。

「吸引って、ご家族がやっていい処置でしたっけ？」

「患者さんの療養目的でおこなわれれば違法とかではない。今後ご自宅にもどるなら、ご家族にも吸引のやり方を覚えてもらわなきゃいけないだろうけど、今すぐやろうと思ってできるものでもないだろう。鼻腔内やのどを傷つけてしまうかもしれない」

「そうですよね……」

うーんとみんなで頭を抱えた。

「あ、柊先生。沢田さんなんですけど、最近お孫さん産まれたじゃないですか。会いに行くのって、難しいですかね」

カンファレンス中にちょうどナースステーションに入ってきたので、主任が呼び止めた。沢田さんの担当医は、柊先生だ。

「ああ、沢田さん。お孫さん産まれましたね。そりゃあ、会いたいですよね」

「そうなんですよ。でも、けっこう頻回に痰を引かないとすぐにたまっちゃって、今の状態じゃ外出は危険かな、と思うんです」

「うーん、赤ちゃんのほうが病院のすぐ近くまで来るのって、難しいんですかね。病棟には入れなくても、病院のすぐ外で会うとか」

「新生児は、一ヵ月検診が終わるまでは基本的に外出は控えたほうがいいと思います。病院には感染症の人もいるし……」

「そうか……」

先生も腕を組んだ。じゃあ一ヵ月検診まで待てばいいじゃない、とは誰も言わなかった。その期間に沢田さんが急変しない、とは言いきれないからだ。

「病棟にポータブルの吸引機ってあります？」

柊先生が主任に聞く。

「全病室に配管があるので、ポータブルは置いていないです」

「ですよねえ……。ポータブル吸引機があれば、私が付き添って外出できるんじゃないかな、と思いまして」

ええ！　と看護師一同、驚いて先生を見つめた。

入院患者さんの外出は、ご家族が付き添えることが条件になる場合が多い。先生が一緒に行くことはほとんどない。

「なんでそんなにびっくりするんですか。だって、私の許可で、私が付き添えば、何の問題もないですよね。看護師さんたちは病棟抜けられないでしょうし、何かあったときの判断は医者がいたほうがいいですよね。私なら、吸引はもちろんできますし、いざとなれば挿管だってできちゃいますよ」

「そりゃあ、そうですけど」

九条主任が苦笑する。まさかそこまで考えてくれていると思わなかった、という顔だ。

「吸引の道具と、パルスオキシメーターと、最低限の救急セットみたいなものがそろっていれば、娘さんのご自宅まで付き添いますよ。たしか、そんなに遠くないですよね？」

「車で三十分くらいって言ってました」

「じゃ、往復一時間と考えて、おうちにいられる時間は一時間くらいかなあ。私がいないあいだにほかの担当患者さんに何かあったら、上の先生に指示もらってください」

先生が本気で言っていることがわかり、看護師たちはすぐに動き出した。誰かが、お部屋で面会している旦那さんに伝えに走る。

日程の調整、必要な物品の確認、介護保険タクシーの手配など、やることはたくさんある。

私は、ポータブル吸引機が借りられないか、病院に併設されている訪問看護ステーションに連絡をした。すると、電話に出たのは、前に同じ病棟で働いていた後輩の山吹《やまぶき》奏《かなで》だった。

「わー！　卯月さん、久しぶりです」

一緒に働いていた頃の、弾けるような笑顔が目に浮かぶ。

「元気そうだね。訪看、楽しい？」

「大変ですけど、やりがいありますよ。ところで、電話なんてどうしたんですか？」

懐かしさに思わず雑談しそうになり、すぐ頭を切り替える。

「あ、そうそう。ポータブルの吸引機って、借りられたりする？」

「ああ……予備があると思います。ちょっと待ってくださいね。えっと、何台を何日ですか？」

「一台でよくて、長くて二〜三時間だと思う」

「オッケーです。確認してかけ直しまーす」

楽しそうに働いている後輩の声が聞けて、私もさらに元気が出る。

誰かがソーシャルワーカーさんに電話している声が聞こえる。ソーシャルワーカーとは、福祉、介護、医療、教育などを総括的に捉えて支援する職業で、それぞれの橋渡しもしてくれる頼れる存在だ。病棟から出たときのことは、だいたい管轄してくれている。チーム一丸となって準備がすすんだ。

そして当日。訪問看護ステーションに借りたポータブル吸引機、バイタル測定セット、パルスオキシメーター、もしものときの救急セットなど必要なものを車に積み込む。

沢田さんは、いつものパジャマではなく、セーターとニットのズボンという服装だ。表情は少し緊張しているかもしれない。同乗する旦那さんも、顔つきがかたい。

「先生が一緒なので、安心してくださいね。何か心配なことがあれば、遠慮しないですぐ相談してください」

私は、ふたりに声をかける。

「はい。ありがとうございます。本当に外出できると思わなかったんで……緊張しちゃって」

「そうですよね。お気をつけていってらっしゃい」

「いってきます」

「じゃ、なんかあればすぐ連絡しますんで」

そう言って、柊先生は車椅子を押して介護保険タクシーに乗り込む。

さわやかな空の下、車はゆっくり走り出した。


オムツ交換のカートを押しながら、いつもの癖で沢田さんの部屋に入った。

「あ、そうか。沢田さん外出だ」

「今頃、どうされていますかね……。何事もないといいですけど」

北口が、そわそわした表情で話しかけてくる。

「そうだね。赤ちゃんに会えているといいね」

誰もいない部屋を何気なく見渡して、私はハッとした。

枕元に「思い残し」の赤ちゃんがいる。

まだ会えていないのだろうか……。

「何かあっても、柊先生がいてくれるから心配ないですよね」

「……うん。大丈夫だよ。さ、次の部屋行こう」

今の私にできることは、病棟にいらっしゃる患者さんの看護をすることだ。

北口と顔をあわせてうなずきあう。カートを押して、ほかの方のケアへ向かった。

「沢田さん、おかえりなさい！」

旦那さんに車椅子を押されて、沢田さんが病棟にもどってきた。口はあいかわらずもごもご動き、舌を突き出したりしているが、表情はやわらかく見えた。

特に連絡がなかったから、緊急のことは起こらなかったようだと思っていたけれど、無事に帰ってこられて一安心だ。柊先生も、ホッとした顔をしている。

「赤ちゃんに会えました？」

病室まで一緒に移動しながら声をかける。

「会えました、会えました！」

旦那さんがうれしそうに答えてくれる。

「由子に抱っこされてたときは、すごい泣いていたんです。でも、幸子が抱いた瞬間、泣き止んだんです。リラックスして、すやすや眠っちゃって」

「やっぱり、おばあちゃんだってわかるんですね」

沢田さんはしゃべりにくそうに口を動かしてから「かわ、かわ、かわいかった」と言った。

「会えてよかったですね。初孫ですものね！　改めて、おめでとうございます」

「ありがとうございます。外出の許可も先生の同行も、本当にありがとうございました。……幸子の病状は良くならないし、正直、孫が大きくなって病院に来られるようにならないと、会えないと思っていました。でも、孫が成長するまで幸子が元気でいられるか……。今のタイミングで会えて、本当によかったです」

私は、胸がじんわりとあたたかくなっていた。

パーキンソン病を発病してからずっと闘病生活を強いられている沢田さん。最近は肺炎で呼吸の苦しさもあっただろう。でも、こうして楽しい時間をもつことはできる。

私は看護師であると同時に、パーキンソン病の母をもつ娘として、それをとてもうれしく思った。お母さんも、いつか動けなくなってしまうかもしれない。薬の副作用でつらい思いをすることもあるだろうし、肺炎になる可能性もある。でも、医療や福祉のサポートを使えば、決してつらいことばかりじゃない。そう思うと、母の病気に対する希望が増える気がした。

私たちは、患者さんに教えてもらうことのほうが多いのかもしれない。

「先生、本当にお疲れさまでした」

「いえいえ。沢田さんと赤ちゃんの初対面、感動してちょっと泣いちゃったわ。私にとっても、貴重な経験だった。病棟にいれば、いつでも人手と最新の機器や医療品がある。

でも、病院を一歩出たら、それらには頼れない。私自身も緊張したけど、沢田さんのうれしそうな様子見たら、ぜんぶ吹っ飛んだわ。あと、やっぱり家族っていいね。沢田さんに赤ちゃんを会わせたいっていう旦那さんも素敵だし、赤ちゃんも最高にかわいかった。娘さんも満たされたお顔してた。やっぱり、結婚っていいもんなのかなあ」

「あ、先生、婚活に気合い入っちゃいますね」

私はこそりとつぶやく。柊先生の婚活はまだ続いているのだ。

「そうね。あんな家族になれるなら、やっぱり結婚したいかも」

「期待が大きすぎるのも危ないんじゃないですか？」

私がからかうと、

「それもめっちゃある〜」

と先生は笑った。

疲れたのか沢田さんはベッドにもどるとすぐに眠った。

そのお顔は、穏やかに微笑んで見えた。

でも、枕元の赤ちゃんは消えていなかった。

無事に会えたのに、どうしてだろう……。まだ何か、思い残すことがあるのだろうか。

「卯月さん、妻を家に帰すことはできますか？」

外出から数日たった面会の帰り、沢田さんの旦那さんが話しかけてきた。

「それは、外出ではなく、ご退院ということですか？」

「はい。先日、孫に会えた妻は本当にうれしそうでした。病院にもどるときに、とても名残惜しそうにしていたんです。孫に会えたことで、妻はより家に帰りたい気持ちが強くなったと思います。面会中も、かわいかったね、って何度も言うんです。それから、笑顔が増えたように思います」

旦那さんは少し黙ってから、思い切った感じで口を開く。

「一度でも会えれば、それでいいと思っていました。これ以上を望むのは、わがままなのかもしれません。でも、考えれば考えるほど、私自身も、孫の今後の成長を妻と一緒に見たいと思うようになりました。妻に聞いたら、本人もやはり同じ気持ちでした」

そうか……。

沢田さんの「思い残し」が消えなかったのは、赤ちゃんに会えたことで、より思いが強くなったからかもしれない。

「在宅で過ごすことは、可能でしょうか？」

旦那さんは意志の強そうな視線で私を見た。

「すぐにご退院は難しいかもしれません。でも、パーキンソン病は指定難病なので、使える支援も多いはずです。まずは、先生に沢田さんとご家族の希望を伝えてみます。それから、ソーシャルワーカーさんや訪問看護の職員たちとも相談して、おうちで過ごせる方法があるかどうか、話し合います。ご主人にも、介護面などお願いすることが増えると思いますが、それは大丈夫ですか？」

「はい。職場にも、妻の病気のことは言ってあります。娘も、賛成してくれています。大変なのは承知のうえで、できる限りのことをしてやりたい……そう思います」

「わかりました。一緒に考えていきましょう」

「ありがとうございます！」

ご主人は、力強くうなずいた。

患者さんには、なるべく心残りなく過ごしてほしいと思っていた。でも、思い残すことがあるからこそ、闘病に希望をもつこともある。生きることに惹かれることもある。

「思い残し」は、必ずしも悪いことばかりじゃないんだ。

沢田さんが一番望むかたちで過ごせるよう、力を尽くそう。

「え……再検査？」

薄い水色で統一された診察室が、しんと静まり返った。一瞬体がかたまり、時間が止まったかのように動けなくなる。婦人科検診の、結果を聞きにきたところだった。

「子宮頸ガン検診の結果、再検査の必要があります。紹介状を書くので、大きな病院へ行って精密検査を受けてください」

淡いピンク色の白衣を着た女性の医者が、何か紙を見せながら説明している。

まさか、ガン検診で、再検査……私が？

「卯月さん？　聞いてますか？」

淡々と説明していた先生が、顔を寄せてくる。

「あ、はい。すみません」

「なるべく早めに行ってくださいね」

早めに、という言葉に頬をはたかれた気がした。

……もしかして、時間がないということ？

書類を受け取ってゆっくり立ち上がると、ゆらりと眩暈《めまい》がした。

診察室を出て、待合室で会計を待っている間、ぼんやりしていた。

私がガンだなんて、そんなわけない。だって、何の症状もないし、生理痛もそこまで重くない。不正出血もないし、おりものも変じゃないし、まだ三十代だし。そう思いながらも、手には冷たい汗がにじむ。

看護師は、自分で自分を勝手にアセスメントして、大丈夫と自己判断することが多い、と聞いたことがあった。だって、自分のことはわかるし、と私も思っていた……。

私がガンかもしれないなんて。嘘でしょ。何かの間違いに決まっている。

……家族には言えない。

二年前に母がパーキンソン病を発病してから、みんなで支え合いながら生活してきた。そんな状態なのに、私がガンかもしれないなんて知ったら、ショックをうけて母は自分の治療を頑張れなくなるかもしれない。

友人の晴菜は、子育てに追われながら、私と同じように今月は専門看護師の試験を控えている。今相談するのは負担を増やしそうだし、晴菜の勉強の邪魔はしたくない。

職場の同僚には、心配をかけたくない。それに、病気のことで特別扱いを受けるのは居心地が悪い。

松岡先生は、同じ職場だし男性だから言いにくい。

橘さんは、ちょっとドライなイメージもあって相談しにくい。

……どうしよう、誰にも言えない。

クリニックを出ると、空気が澄んでいて清々《すがすが》しかった。それが、妙にむなしく感じる。

そのまま帰りたくなくて、ドーナツ屋さんに入った。甘いにおいが充満した店内で、前回も食べたものを注文する。あの日は、まさかこんなことになるなんて思っていなかった。

チョコレートのかかったドーナツをかじる。いまいち味がわからない。流し込むようにコーヒーを飲んだ。

まだ仕事もしたい。今月は試験もある。やりたいことはたくさんある。どうして私がガンなんて……。

早期の子宮頸ガンの五年生存率は、たしか九十五%くらいだ。予後不良とは限らない。頭ではわかっているけれど、ガンはガンだ。やっぱり怖い。

間違いかもしれない。誤診の可能性もある。

とりあえず、体調に注意しながら、様子を見よう。今は、仕事と試験勉強に集中しよう。

おもしろくないバラエティー番組を流しながら、コンビニで買ってきたお弁当を食べる。なんとなく体に悪い気がして、お酒はやめておいた。アンちゃんが甘えてくるから、抱き上げて膝にのせる。

「アンちゃん、私がいなくなったら、またお母さんのところに帰ることになるけど、ごめんね」

アンちゃんはもともと母の猫だ。私がいなくなっても、大丈夫だろう。

家族は……悲しむに決まっているけれど、両親は母の病気とともに一生懸命生きていくだろうし、兄には妻子がある。姪っ子の陽葵《ひまり》はすくすく育っているし、奥さんの志織さんもいい人だ。

職場は……後輩たちはみんな成長している。香坂さんは頼れる師長さんだし、主任はちょっと軽いけれど仕事はしっかりしている。

晴菜には家族がいる。やさしい旦那さんと息子の亮《りょう》くん。

あれ……。

もしかして、私がいなくなっても、世の中って大丈夫なのかもしれない。

アンちゃんのつやつやの背中を撫でながら考える。

自分に万が一のことがあっても、誰も困らない。迷惑をかけない、という意味では良いのかもしれない。身軽という言い方もできる。でも、まるで生きている価値が低いような気がしてしまった。私がいなくても、みんな大丈夫……。

アンちゃんが膝からおりてトコトコ歩いていく。

私は、膝を抱えてうなだれた。

イチョウが色づきはじめている。体の心配はあったものの、なんとか無事に専門看護師の試験を終わらせ、今日は橘さんと久しぶりのお出かけだ。

さっきまで、テラス席のあるおしゃれなレストランでアボカドと海老のサンドウィッチを食べていた。とてもおいしくて、そよそよと吹く風が気持ち良かった。橘さんはあまりしゃべらないけれど、静かなふたりの時間も悪くなかった。

日本大通りを歩きながら、橘さんがイチョウ並木にスマホをかざしている。完全な黄葉はまだ少し先だろうけれど、鮮やかな黄色と緑色のグラデーションがきれいだ。青空によく映えている。

ランチの誘いを受けたとき、正直少し迷っていた。試験を終えたら、またガン検診の結果のことで頭がいっぱいだった。このまま、何もなかったことにしてしまいたかった。でも、そうはいかない。病気は勝手には治ってくれないのだ。

橘さんが、ゆっくり立ち止まって、私のことを見た。歩道は広いから、私たちが立ち止まっても、みんな気にしないで通り過ぎていく。イチョウの葉が、ひらひらと一枚落ちていった。

「試験、お疲れさまでした。自分も受けたのでわかりますが、大変でしたよね」

「ありがとうございます。難しかったです」

思えば、橘さんとは大学院で出会ったのだ。院生室で一緒に勉強し、合同ゼミで頭を悩ませ、ともに学んだ。橘さんは去年試験を終わらせている。普段から感情の読み取りにくい人だけれど、同じ苦労を味わっているから、そこは共感しあえる。戦友のような感じだ。

そんなことを思い出していると、橘さんが背筋を伸ばして真面目な顔をした。

「卯月さん……」

「はい」

すーっと風が吹いて、橘さんのシャツの襟が揺れる。

私は、少し乱れた前髪を、手でおさえた。

橘さんは、じっと動かずに、いつになく真剣な顔をしている。

「卯月さんの試験が終わったら、言おうと思っていたことがあるんですけど……」

イチョウの葉がさわさわと鳴っている。

「……はい」

橘さんが口を少し開けて何か言おうとした瞬間、ブーブーという振動音が聞こえた。

橘さんが、びくりと驚いた様子でポケットからスマートフォンを出す。「ああっ」と声を出して少し逡巡《しゅんじゅん》してから、

「ちょっと、すみません」

と私に断って電話に出た。

「はい、橘です。え？　はい。僕しかいないんですか？　……わかりました。すぐ行きます」

橘さんは、スマホをポケットにしまい、はあーと長いため息をついたあと、私に向き直った。珍しく、眉根《まゆね》を寄せて不快感をにじませている。

「……すみません。病院から呼び出されてしまいました」

「ああ、そうなんですか」

「普通、こういうことはないんですけど、夜勤予定の看護師がふたりまとめて熱発しているらしくて、出勤できないそうで……。本当に間が悪いというか、すみません」

「いえいえ、救急外来で看護師がふたりも休んだらまわらないのは、私でもわかります。すぐ行ってください」

「すみません……」

橘さんは、腕時計をちらりと見た。表情はきりっとしている。仕事モードに切り替わ

ったのだろう。私に頭をさげてから、駅のほうへ走っていった。

看護師の突然の休みは、誰かが代わりに入るしかない。病院は、患者さんの人数に対して何人の看護師がいなければならない、という決まりがあるからだ。ふたりも同時に休まれたら、救急じゃなくても仕事がまわらないのはよくわかる。そして、そういうときに急に駆り出されるのはたいていベテランだ。事前準備などなくてもすぐに対応できる人のほうがいいに決まっている。

そんなこと、充分わかっている。

わかっているけど……。

周囲を見渡す。

楽しそうにイチョウの写真を撮ったり、おしゃべりをしている人たちが目につく。私は歩道にぽつんと立ったまま、しばらくそのままでいた。きれいな空を見あげる。橘さんが私に言おうと思ってたことって、なんだろう。

陽がかげり、風が冷たくなってきていた。

4　またどこかで出会えると

少しだけ開いている窓から冷えた空気が入ってくる。

ベッドに腰かけて、藤《ふじ》さんがオーバーテーブルに置いたノートに書きものをしていた。藤明美《あけみ》さんは八十六歳の女性で、グレイヘアがきれいな品のある人だ。身なりもベッドの周囲も、いつも整っている。

私は、自分がガンの再検査を受けるよう病院で言われてから、入院している患者さんたちへの見方が大きく変わったことを自覚していた。

すべての患者さんが、何かしらの病気の告知を受けてここにいる。そんなこと当たり前だし、今までには厳しい宣告の場面に立ち会ったことだって数えきれない。でも、自分がガンかもしれない、と言われてから病棟へ来て、愕然《がくぜん》とした。

ここにいる患者さんたちは全員、これを乗り越えてきたのか……。

「あなたは病気です」と告知を受け、落ち込み、受け入れられない時期を過ごしたかもしれない。それを越えて、今がある。

自分に置き換えなければ実感できないなんて、看護師として失格なのかもしれない。

再検査が決まってから、思考がネガティブになっている気がする。

もしも、自分の人生が残り一年だった場合、いったい何ができるというのだろう。

半年だったら……数週間だったら？

患者さんは、いつもこんな思いの中にいるのだ。

病を持ちながらも最期まで健やかに生きられるように……。

私が目指していた看護は、結局他人事だったのかもしれない。自分のことになると、こんなにも呆然として、どうしようもないなんて、想像もつかなかった。

今、目の前にいる藤さんは、ガンを生き抜いたひとりだ。

過去に大腸ガンで手術をし、人工肛門を造設した。人工肛門とは、手術で腸をとってしまった人が、お腹に穴をあけてそこから排泄できるようにするものだ。パウチと呼ばれる袋をつけて、管理している。

再発はなく一人暮らしできていたけれど、最近になって視力の低下や手先の動きなど老化による変化で、パウチの管理が今までのようにうまくできなくなったらしい。施設を探したいと希望され、それまでのあいだ、入院してきた。闘病が終わっても、ガンを生き抜いた体とともに生きている。

「寒くないですか？」

声をかけると、ゆっくり顔をあげた。

「あら、卯月さん、おはようございます。寒くないわ、気持ちいいくらい」

「ノートはかどっています？」

「だいぶ書けてきたけど、やっぱり時間がかかるわね」

「ゆっくりでいいと思いますよ」

手元を見ると、きれいな字で丁寧に書き込まれている。藤さんは、エンディングノートを書いているのだ。

「資産のこととか、銀行関係のことなんかは、書きやすいのよね。主人が生前ちゃんとしてくれていたし、息子ひとりに譲るだけだから、あの子が困らないように書いておけばいい」

ご主人は十年以上前に他界し、生活には困らない財産を残してくれたらしい。息子さんは結婚して、お孫さんもいらっしゃる。何不自由なく幸せ、と藤さんは言っていた。

「自分の人生を、じっくり振り返っている気分ね」

ノートをそっとめくりながら言う。

最近は、若い人でもエンディングノートを書く人がいるらしい。高齢になってからの終活というだけでなく、結婚や出産、子供の独立など人生の節目に、自分の生き方を見つめるために書くそうだ。

ふと自分に置き換える。私は、何か言い残したいことなどあるだろうか。

穏やかに微笑む藤さんのベッドサイドには、三十代くらいの女性が立っている。入院したときから、うっすらとそこに視えていた。エンディングノートで人生を振り返りながら心残りに思うこの女性は、藤さんにとっていったいどんな人なのだろう。

「今日は施設の見学のことで、午後にソーシャルワーカーさんが来ますので、よろしくお願いしますね」

「はい。こちらこそ、お願いします」

丁寧に頭をさげるご婦人の部屋を出る。室内の静謐《せいひつ》な空気が胸に残っている気がした。

「ここなんか、素敵ね。看護師さんが常駐してくれているのも、安心だわ」

午後になって、ソーシャルワーカーの樺沢《かばさわ》ゆかりさんが藤さんのお部屋に来ている。

施設の候補の情報をいくつか持ってきてくれた。樺沢さんは艶のある黒髪をハーフアップにした若い女性で、ハツラツとしていて元気だ。

「良さそうですよね。お値段も良心的です」

「自然が多いのも魅力的ですね」

三人でパンフレットを眺めながら、感想を言い合う。不動産屋さんで新居を探すときのようで楽しい。藤さんが今後を、人生の終末をどこで暮らしたいか。一緒に考えられるのはうれしいことだと思えた。自分だったらどうしたいか、ということも同時に浮かぶ。

「あ、すいません、お取り込み中でしたか」

そこへ、お嫁さんの康葉《やすは》さんがいらした。細身のきれいな女性で、五十代らしいけれど、もう少し若く見える。

「大丈夫ですよ。施設のパンフレットを見ていたところです」

ああ、と康葉さんは少し苦笑した。

「お義母《かあ》さん、やっぱり施設を探しているんですね。私たちと一緒に住めばいいのに、って思っているんですけどね」

息子さんご夫婦は、同居を提案していた。でも、ご本人の強い希望で、それはやめている。藤さんは、康葉さんに笑いかけた。

「ありがとうね。でも、私は、自分で自分のことができなくなったら施設に入るって、もうずっと前から決めていたのよ。そこは、変わらないの。施設だって、いつでも遊びに来られるわ。そんなに遠いところにはしないから。ほら、一緒に選んでよ。ここなんか、良さそうよ」

「お義母さんが気に入ったところが一番ですけど……。どうしても、同居はしないんですか？」

「しないわ。涼太《りょうた》は納得しているでしょう？」

「ええ、まあ。そうですけど」

涼太さんとは、息子さんの名前だ。

「だったら、今回ばっかりはわがままを許してちょうだいね」

康葉さんはうなずいて、洗濯物を病室のロッカーにしまった。

私は、丸椅子をお嫁さんにゆずる。

「すみません」と言って、康葉さんも一緒にパンフレットを見はじめた。

「ほら、見て。ここ、今のところ一番いいかなって思っているんだけど」

「わあ、すごい。リゾートホテルみたいですね」

「そうなのよ。最近の施設って、きれいなところもいっぱいあるのよね」

「ちょっと、想像していた施設とイメージが違いました」

ふふ、と藤さんが笑う。

かなり高額になるけれど、マンションやホテルのような高齢者施設もある。康葉さんは、義母を施設に入れることに罪悪感を持っていたのかもしれない。もしかしたら、昔ながらの古い施設を想像していたのだろうか。古い施設でも、職員がしっかりしていて対応の良いところももちろんある。でも、家族としては、なるべくきれいなところで過ごしてもらいたいと思うのは当然だろう。

みんなで一緒にパンフレットを見ながら、今度外出の許可をもらって見学に行けるように先生に相談しましょう、と盛り上がっている。ご家族も一緒に見学に行けたら、より安心できていいな、と思った。

お嫁さんと樺沢さんが帰って、藤さんはベッドの背中を少し起こした状態で、横になった。たくさん話して、少し疲れたのかもしれない。

「ご気分、大丈夫ですか？」

「ええ、ちょっとはしゃいじゃったわね。樺沢さんが素敵なパンフレットをたくさん見せてくださるから」

「気に入ったところが見つかるといいですね」

「ええ。康葉ちゃん、わがままな義母だと思ったかしら……」

藤さんは、少し目を細めて窓の外を見た。

「自分でパウチの管理がうまくできなくなったときに、これを家族にやらせるのは、どうしても嫌だって思ったの。涼太も康葉ちゃんも、たぶんちゃんとやってくれるわ。でも、私の尊厳が壊れる気がした……。お仕事としてやってくださる看護師さんや介護の方に見ていただくのは、なんとも思わないの。でも、やっぱり家族となったら別。恥ずかしいわ」

藤さんは、服の上からお腹のあたりを撫でた。

「そう仰《おっしゃ》る方、けっこういらっしゃいますよ。現実的な問題、例えば経済的なこととかが大丈夫なら、患者さんの意思を尊重したいと思っています」

「そうよね。私も、そのために主人の残してくれたお金をとっておいたの。老後は家族に迷惑をかけないで暮らしたいって」

体を起こして、オーバーテーブルにあるエンディングノートを手にとる。

「これもね、涼太たちは、こんなもの縁起でもないって言うのよ。すぐに死ぬわけじゃないのに、そんなもの書かないでよって。でも、こういうものって、すぐに死ぬから書くわけじゃないじゃない？　自分の人生ってどんな風だったのかしらって、じっくり向き合うために書くの。エンディングノートを書き始めてから、主人と過ごした時間もより思い出すようになったわ。だから、やっぱり書きはじめてよかった」

　私はうなずいて、同意した。

「ゆっくり考えているのだけどね。どうしても書けない項目があるの。卯月さん、おばあさんの昔話、聞いてくださる？」

「ええ、もちろんです」

「ここの、自分が亡くなったときに誰に知らせるか、っていう項目があるでしょう。ここにね、書きたいけど書けない友人がいるの」

　藤さんは、少しうつむいた。

「二十代の頃から、ずっと仲の良い友達がいたの。でも、疎遠になってしまってね。もう、何十年前かしら。涼太を妊娠しているときだから……あらやだ、五十年も前だわ」

　ふふっと軽く笑って、藤さんは続ける。

「その友達とは、同じ頃に結婚したの。あの頃にしたらふたりとも晩婚で、三十歳頃だったわ。ふたりともなかなか子供に恵まれなくて、夫婦だけで生きていくのも悪くないよね、って励ましあっていた。それが……私が三十六歳のときね。涼太を妊娠したの。もう諦めていたから、本当にうれしくて。私と彼女は、お互いの幸せを自分のことのように祝いながら生きてきたから、もちろんすぐに報告したし、喜んでくれると思ってた。そしたら、高齢出産だから、念のため安定期に入るまでは会わないでおこうって言ってくれて。私の体を気にかけてくれていると思った。私は初めての妊娠で、彼女のことを充分思ってあげる余裕はなくて……。

いよいよ無事に生まれたときに、やっと会いにきてもらったのよ。妊娠期間に会えなかったぶんを取り戻すように、私はおしゃべりをしたわ。エコー写真も見せて、母子手帳も見せて、いかにつわりが苦しかったか聞かせたし、出産の大変さも語った。『将来の練習のために抱っこしておいたら』なんて言って涼太を抱かせて、一緒に写真を撮ったわ。それが、子供がほしかった彼女にとってどれほど残酷なことだったか、いかに傷つけてしまったか、そのときはわからなかった」

少し黙ってから、藤さんはまた話し出す。

「子育てにてんてこ舞いしているうちに、彼女と話す内容がどんどんズレてきちゃったの。私は、乳離れや離乳食、夜泣きのなだめ方を話したかったけれど、彼女は今やっている仕事が楽しいとか、最新のお化粧や流行りの服について話していた……。そうしているうちに、少しずつ電話も手紙も減って、いつの間にかまったく連絡をとらなくなった……。今どこで何をしているのか、まったくわからないのよ」

女友達とは、そういうものかもしれない。永遠に一緒にいるような錯覚をするほど、一心同体のように仲が良かったはずなのに、人生の岐路ですれ違っていく。私にも、思い当たる友人がいた。

「わかる気がします。友達って、いつの間にか疎遠になりますよね」

「卯月さんにも、そういう人、いる？」

「中学のときの友達で、すごく仲良くて、このままずっと親友だと思っていたのに、会わなくなっちゃった子がいます」

「それは、どうしてだったの？」

「高校にあがったとたん、その子が急に派手になっていったんです。外見は、別にいいんですよ。髪を染めたり、メイクをしたり、そういうのは気にならなかったんですけど、なんていうか……男の子との遊び方が、奔放《ほんぽう》になってしまって」

「あらあら」

「二股かけたり、一晩だけの人と遊んだり、すごーく年上の人と付き合っていることを自慢してきたり……。私はもう少しおとなしい普通の高校生だったので、ちょっと話があわなくなっちゃって」

「その子は今、どうしているの？」

「私は連絡とってないんですけど、二年くらい前に彼女が結婚して、お子さんが生まれたって、ほかの同級生から聞きました。ずっと仲良しではいられなかったけど、別に彼女のことを嫌いになったわけじゃないので、幸せにしているならよかった、と思いました」

「そう。それなのよね……」

藤さんは、少しさみしそうな顔をして、首をかしげた。

「私は、あの子を傷つけてしまったと思うの。私のことを嫌いになったかもしれない。でも、私は今も好きだし、大切な友達だと思っている。彼女が今どこかで幸せに暮らしているなら、私のことは嫌いなままでもいいと思っている。でも、エンディングノートを書きはじめてから、すごく思い出すの。どうしているのかだけでも、知りたいな……ってね」

ふと、藤さんのベッドサイドの女性をちらりと見た。三十代くらいに見えるこの人は、そのご友人かもしれない。「何不自由なく幸せ」と言っていた藤さんの、唯一の心残り。

「女友達って、そういうのありますよね」

遠野が網の上の肉をトングでとりわけながら言う。今日は、二人で焼肉だ。外は寒くて風が強かったけれど、店内はちょうどよくあたたかい。

藤さんの話をすると、遠野もご本人から聞いていたらしい。

「遠野にも、そういう友達いる？」

「いるかもしれないです。二十五歳くらいのときって、最初の結婚ラッシュきません？」

「ああ、たしかにそうね」

「その頃に結婚した子たちが、最近出産ラッシュなんですよ。そんで、そこまで親しかったわけじゃないのに急に連絡してきて、遊びにきて〜って言うんです。で、行ったら赤ちゃんを抱っこさせられる。こっちは別に子供ほしいなんて一言もいってないのに、あれ、なんなんでしょうね」

ウーロン茶を吹きそうになる。遠野が言ったのは、単なる女友達への不満だ。

「なんか、私が話してたこととちょっと違うんだけど」

「あれ、違いました？　でも、子供いる人って、自分の子供は全世界の人にとってもかわいい、って信じてるじゃないですか」

「ああ、まあね。そういうところはあるかも」

「友達から、子供の運動会の動画とか送られてくるんですけど、あれまじで意味わかんないんですよ。年賀状だけなら、まだ年に一回だし、大きくなったな〜くらいは思いますけど、運動会の動画って！　誰もあんたの息子のかけっこ、興味ないって！」

声を出して笑ってしまった。このような愚痴は、独身あるあるかもしれない。

「けど、最近は〝子持ち様〟なんて言葉もあるくらいだから、子供いる人も大変なんじゃない？　御子柴主任だって、お子さんのことで早退したりしていたじゃない。あれも、ダメなの？」

「いやいや、御子柴主任はいいんですよ。みんなの分も率先して働く人で、ご家庭の事情があるなら、大変ですよね。あとはまかせてくださいって思いますよ。でも、気を遣ってもらって当然、と思っている人とは、正直働きたくないなって思っちゃいます」

「それって、御子柴さんのファンだからってだけじゃなくて？」

「まあ、それもあります」

開き直るから、笑ってしまう。

「けど、実際、女友達の距離感って難しいですよね。進学、就職、結婚、出産。いろんなライフイベントで、そのつどふるいにかけられて、付き合う相手が減ってくる気がします」

「それはそうね。私も、早くに結婚しちゃって子育てしてる子とは、なかなか会わなくなったな」

「男の人も、そうなんですかね」

「うーん。結婚したら飲みに行けなくなるとか、そういうことは多少あるんじゃない？　でも、女友達ほど、仲良いときの距離がべったりじゃないのかもね」

「そうかもしれませんね」

私は、誰かと付き合ったりしたら、友達関係に変化が起きたりするだろうか。大学院時代に仲良くなった晴菜は、知り合った時にすでに結婚していたし、子供もいた。だから、いまさら変わらない気がする。同僚たちが結婚したらどうなるだろう。今ほど頻繁に食事などは行けなくなるかもしれない。

そうやって、藤さんとご友人も、少しずつ離れてしまって、今はどこにいるかもわからない。

遠野が良い具合に焼いた肉を皿にのせてくれる。嚙むほどにジューシーで、ビールがほしくなったけれど、今はお酒をひかえている。ウーロン茶を注文したとき、「あれ、お酒やめたんですか」と遠野に聞かれて、ダイエットと嘘をついてごまかした。本当は、婦人科の再検査のことを気にしている。

「そのお友達、今はどこにいるんですかね？」

「ぜんぜんわからないみたいだよ。だって、五十年前の話だって」

「でも、このままじゃ、エンディングノート完成させられないですね。なんか、ちょっとさみしいです」

「うん……」

「……その人、探せませんかね」

「え？」

「だって、藤さんは今、施設探しているんですよね。入居したら住所も変わるし、本当にこのまま一生会えない可能性ありますよ」

「そうだけど、そんな探偵みたいなこと、できないでしょ」

「まあ……そうですけど」

遠野の気持ちはよくわかる。私が、「思い残し」に翻弄されていたころは、素人ながら探偵じみたことをして、患者さんの心残りを解消しようと奮闘していた。でも、あれはやっぱり大変だった。たまたまうまくいったこともあったけれど、今は目の前の患者さんの看護を優先しようと決めている。

でも……藤さんのご友人を探すことは、藤さんのより良い終末へ向けての看護の一環かもしれないとも思う。もし、私に今同じような友達がいたら、会いたいと思うかもしれない。

いや、看護の域を越えているただのおせっかいか……。

「そういえば、今日九条さん、外来に呼び出されていましたね」

遠野の声で思案から引きもどされる。

「ああ、そうだね。どうしたんだろうって思った。もどってきたとき声かけたけど、大丈夫〜って言ってたよ。九条さん、いつも軽やかだから、つかみどころないね」

「実は、先週も病棟からいなくなった時間あったんですよ。なんかトラブルに巻き込まれてるとか、ないですよね」

「トラブルって？」

「それこそ、不倫がバレてもめてるとか？」

遠野はいまだに九条主任不倫説を疑っている。

「もしそうだとして、勤務中に呼び出すなんてことある？　外来だって忙しいだろうし、病棟看護師がなかなか抜け出せないことだって、わかってるでしょ」

「いや、そういうことも平気でしちゃうような看護師なんじゃないですか？」

ニヤニヤする遠野に、まったくこの子は……とあきれてウーロン茶を飲もうとしたら、グラスが空だった。店員さんを呼ぶボタンを押す。

「あ、私ビールおかわりで！」

ウーロン茶とビールと、シメの冷麵も頼んだ。

久しぶりに雨が降っている。夜勤の廊下は静かで、さあさあと雨音だけが聞こえていた。

今夜も病棟が平和であることに感謝する。看護師のあいだでは、〝勤務中に「今日は平和だね」と口に出すと荒れる〟という謎のジンクスがまことしやかに語られているので、もちろん、決して口にしないけれど。

「卯月さん、藤さんのお友達の名前、わかりましたよ」

見まわりを終えてナースステーションへもどると、遠野がメモを見せてきた。

「え、どういうこと？」

「やっぱり気になっちゃって、藤さんとさっき、消灯前にお話ししたんです。そしたら、昔の年賀状があるって言って。名前と当時の住所がわかりました」

「本当に探す気？　藤さんご本人は、どう思っているの？」

「施設に入る前に近況を知ることができたらうれしい、って言ってます」

探偵ごっこは冗談かと思っていた。

「だからって、私たちにできることある？」

「ないとも言いきれないと思います。お友達の当時の住所、相模原《さがみはら》なんですよ。そんなに遠くないですよね。地方だったらさすがに無理ですけど、県内ならなんとかなるんじゃないですか」

遠野はわくわくした顔をしている。

そりゃあ、私だって患者さんの心残りはできるだけ解消したい。施設に入る前に、友達のことを知っておきたい気持ちもわかる。でも、やっぱりこれは看護の範疇《はんちゅう》を越えているのではないだろうか。

「これは……看護の仕事じゃないんじゃない？」

遠野は、真面目な顔になって、ふーっと息をはいた。

「わかっています。これは、仕事じゃないんです。そんなに簡単に見つかるわけないとも思っています」

メモを中央の円卓に置いた。

「でも、藤さんが〝何不自由なく幸せ〟な人生を送っているあいだに、お友達がどうしていたか、知りたいと思いませんか？」

「どういうこと？」

「結婚することも、子供が産まれることも、幸せなことだと思いますよ。でも、そうじゃないからって不幸じゃないですよね？　独身だって離婚したって子供いなくたって、本人が楽しければいいじゃないですか。私はそう思うけど、女がひとりで年を重ねていると、ちょっとかわいそう、みたいな目で見られることが多い」

なんだか、藤さんの話ではない気がした。それでも、うなずいて話を聞く。

「それが納得できないんです。うちは……前にも言ったかもしれないですけど、両親の仲が悪くて、ずっとそれを見ていたから、私は結婚願望がぜんぜんないんです。子供もほしいと思ったことはありません。だから、藤さんが子育てをしていたときだって、きっとお友達はお友達で、どこかで幸せでいたと思いたいんです」

遠野は、うつむいて唇を嚙んだ。

「それを私が……確かめたいんです」

「そっか……。じゃあ、藤さんのためでもあり、自分のためでもあるわけだ」

「……まあ、そうです。というか、ほとんど自分のためみたいなものですね。……やっぱり、だめか。公私《こうし》混同《こんどう》ですね。患者さんのお友達に会いに行ったりしちゃだめですよね」

私は、自分が「思い残し」を熱心に解消していたころを思い出す。意識不明の患者さんのベッドサイドにいる女の子の正体をつきとめるために、患者さんが倒れた現場まで何日も足を運んで張りこみをしたこともあった。けがをしているような女性が視えたときは、他人様の家の納屋にまで勝手に入り込んだ。今思えば、不法侵入だ。

それを考えれば、患者さん自身が希望している人探しくらい、いいのかもしれない。それに、藤さんが満足のいくエンディングノートを書けていないのは事実だ。おせっかいかもしれないけれど、悪いことではないだろう。

「じゃあ、明日の夜勤あけ、一緒に行こうか」

「え、いいんですか？」

「だって、藤さんに無断で行くわけじゃないんでしょ？」

「はい……。実は、もしお友達本人に会えたら渡してほしい、って手紙ももらったんです」

遠野は、そっとポケットから封筒を出した。

「そんなに、会いたいんだね。五十年も前のことだから会えない可能性のほうが高いと思うけど、行くだけ行ってみよう」

「ありがとうございます！　会えるといいなあ……。幸せに生きている友達に会いたいです」

「思い残し」の解消は、かつて私自身を成長させてくれた。今回のことで、遠野も何か少し変われるのかもしれない。

「雨あがってよかった」

遠野が空を見あげた。夜通し降っていた雨はすっかりあがって、雲間から薄日が差している。

「相模原って、何線だっけ？」

「最寄り駅は相模大野《さがみおおの》らしいんで、小田急ですかね」

遠野とスマホで乗換案内を見ながら駅まで歩く。

途中のコンビニで朝ごはんを買った。イートインコーナーで、遠野と並んで座る。差し込む光で、ガラスについている雨のしずくの影がテーブルの上に水玉模様を作っていた。

私は、梅干しのおにぎりの包装を開けながら、お湯を入れた春雨スープの時間がたつのを待つ。遠野は、あたためてもらった二色そぼろ弁当を食べ始めていた。

相模大野までは電車で三十分かからなかった。

「意外と近いんだね」

駅前には商業ビルが建ち、思っていたよりずっと栄えている。

「相模原ってもっとのどかなイメージだったな」

おしゃべりしながら駅前を歩く。ここからバスでもう少し行くと、お友達のかつての住所へ着くようだ。

「あそこのバス停ですね。あ、ちょうどバス来てる」

駅前ロータリーにはいくつものバス停が並んでいる。バスはひとつ間違えるととんでもないところへ行ってしまうことがあるから、念のため運転手さんに行き先を聞いてから乗り込んだ。

「知らない土地って、どきどきしますね」

冒険を楽しんでいるのかと思ったけれど、遠野はしんみりした顔で窓の外を眺めていた。

軽やかな風の中に、濡れた土とアンモニアのような刺激臭が混じった、何とも言えないにおいが漂っている。バスは私たちを降ろし、ぶるんとエンジンをふかして去っていった。駅前と違って高い建物はなくなり、閑散《かんさん》としている。

「なんですかね、このにおい」

遠野があたりを見渡した。

そこには、【産みたてたまごの新鮮プリン】と書かれたのぼりが揺れていて、小さなかわいらしい店舗があった。

「え、産みたてって！」

店の後ろには養鶏場《ようけいじょう》の鶏舎がずらりと並んでいた。けっこう規模が大きい。バスを降りてすぐ感じたにおいは、ニワトリたちの生活臭だったのだ。

「やっぱり……相模原ってのどかですね」

「住所は、このあたり？」

藤さんのお友達、杉田富美子《すぎたふみこ》さんは、五十年前このあたりに住んでいたらしい。

「そうですね。ちょうどあのニワトリたちの向こう側でしょうか」

「行ってみよう」

「杉田……杉田……」

スマホのナビを頼りに、一軒ずつ表札を確認していく。

「杉田……ん？　あれ？」

遠野が大きな声を出して顔をあげる。

「どうしたの？」

「あの……これ見てください」

スマホの画面には、鶏舎の画像。そこには「杉田養鶏場」と書いてあった。

「え！　この養鶏場が杉田さん？」

「同じ人かわかりませんけど……」

入力した住所の家についた。大きな古い日本家屋で、渋い表札に杉田と書いてある。

「富美子さんも住んでいらっしゃるでしょうか」

「わかんない。ピンポンしてみよう」

立派な玄関に少々気後れしながら、インターホンを押した。

「はい」

女性の声だ。

「あの……杉田富美子さんのお宅でしょうか？」

「え……はい。そうですけど」

遠野がハッと息を吞んだ。

「えっと、藤明美さんの代理で来たものです」

しばしの沈黙。あやしい人と思われたか。

「藤明美……明美ですか？　うわあ、懐かしい。ちょっと待ってくださいね！」

声が弾んで、インターホンが切られた。どうやら、藤さんのことは知っているようだ。

バタバタと足音がして、すりガラスの引き戸が開く。ふっくらとして健康そうな、高齢の女性が立っていた。あずき色のエプロンがかわいらしい。

「あら！　ずいぶんお若い子たちが来たこと。明美のお孫さんかしら？」

藤さんは五十年ぶりだと言っていたけれど、この人はまるで昨日のことのように、当たり前に受け入れているように見える。訪ねてきたのはこっちなのに、ずいぶん動じない人だなと、少しひるんだ。遠野もあっけにとられた表情だ。

「あ、いえ。私たちは藤さんがご入院されている病院の看護師なんです」

女性の顔がさっと曇る。

「え……病院って、明美、どこか悪いの？」

「ああ、えっと……」

悪いといえば、悪い。大腸ガンの末に人工肛門で生活しているし、加齢によってできないことも増えて、今は施設を探している。でも、藤さんはとてもご自分らしく生活されている。

「いえ、今後のことを決めるためにご入院されているだけなんですけど」

「ああ、何かあったわけじゃないのね！」

ぱあーっとにこやかになる。表情の豊かな人だ。

「それで、私にご用なのはどうしたの？」

「もしかして、杉田富美子さんですか？」

「そうそう、私よ！」

ご本人だったのか。よく見ると、「思い残し」の面影が……ある。でも、「思い残し」よりずいぶんふくよかになっていたので、すぐにはわからなかった。

「明美、元気にしている？　あ、入院しているんだから元気じゃないのかしら。でも、どこか悪いわけじゃないのよね？　懐かしいわ〜。とりあえず上がって、何か用事があるんでしょう？」

私たちは、ハツラツとした杉田さんのあとについて、玄関に入った。廊下のフローリングが鏡のように磨かれている。

通された居間は広く、重厚感のある一枚板の座卓が置いてあった。

「座っててね」

杉田さんはどこかへ行って、少ししてお茶をもってもどってきた。

「それで、明美がどうしたの？　もう何十年も連絡をとっていないのに」

杉田さんは自分で淹れたお茶をすすりながら、少し心配そうにした。友達が入院している病院の看護師が突然やってきたら、戸惑うだろう。それも、五十年会っていない相手だ。

「藤さんは、私たちが働いている青葉総合病院というところにご入院されています。それで……杉田さんはエンディングノートというものをご存じですか？」

どこから説明したら一番わかってもらえるだろう。私は、ゆっくり話しはじめた。

「ああ、終活っていうんでしたっけ？　自分が人生を終えるときに、家族や知り合いの人たちのために残すものよね。え、っていうことはやっぱり……」

杉田さんが青い顔になる。

「いえ、藤さんは今すぐどう、というわけじゃありません。ただ、お元気なうちにゆっくり書いておきたい、と思ったそうで、今やっている途中なんですけど」

杉田さんはホッとした表情で、

「明美らしいわ〜。昔から、石橋を叩いて渡るタイプなのよ。慎重で、しっかりもの。変わらないのねえ」と笑った。

「それで、エンディングノートを書いているうちに、どうしても杉田さんに会いたくなったそうで……」

「あら、うれしい。思い出してくれたのね……」

口調がしみじみしていた。

「もし会えるなら、謝りたいと仰っていました」

「ええ！　どうして。謝らなきゃいけないのは、私のほうなのに」

遠野と顔を見合わせる。

「あの……これ藤さんからお預かりしたお手紙です」

遠野がかばんから封筒をだして差し出す。杉田さんは、そっと受け取った。

「ああ、明美の字……懐かしい」

杉田さんは封を開けて、すぐに読みはじめた。

時間をかけてじっくり読んでいた杉田さんは、ふふっと笑って、手紙を閉じた。

「私たち、お互い誤解しあっていたのね……。明美は私を傷つけたと思っていたみたい。

私は、逆に私が彼女を傷つけたと思っていたのに」

居間から見える庭には、紅葉が鮮やかに色づいていた。

「明美とは、本当に昔からの友達だったの。それで、三十歳くらいでお互い結婚した。

あの頃の私は、この養鶏場に嫁いでとても幸せだったわ。主人は働きものでやさしいし、ありがたいことに経済的にも安定していた。今はプリンのお店も出して、あれもけっこう人気があるのよ。それで……もう五十年も前なのね。明美が妊娠して涼太くんが生まれた。彼女が大変なときに、私はぜんぜん気にしないで、自分が新しく買ったバッグを持っていったり、お友達と旅行に行ったお土産を持っていったりしたわ。あの子は、子育てで精一杯で、それどころじゃなかったのに。彼女の大変さに、私は気づいていなかったの。

それで、いつも一緒に旅行に行っていた友達が『私は子供のいる友達にはお土産は買っていない』って言いだして。なんで？　って聞いたら、子育てが大変で旅行なんて行ってる場合じゃない人にお土産なんか持っていったら、自慢しているみたいに思われるかもしれないからって。今でいう、マウントっていうの？　そういうのになるって言うのよ。明美がそういうタイプとは思わなかったけど、でも子育てが大変なのは本当でしょう？　それで、私だけ自由に遊んでいるのが悪いような気がしてきちゃって、だんだん会わなくなっちゃったの」

杉田さんは、静かにお茶をすすって続けた。

「私は、子供がほしいと思ったこともあったけど、できなくてもいいって本当に思っていたのよ。同情されることもあったけど、私自身はけっこうあっさり気持ちを切り替えていた。子供のいない夫婦も楽しいわね、って本当に思えていたのよ。養鶏場は、主人の弟や甥っ子たちも一緒に経営しているから、跡継ぎがどうこう言われることもなかったし。だから、明美ともお互い変な気を遣わないで、連絡をとっておけばよかったわ……」

「子育てだけが、人の幸せじゃないですよね」

遠野が、確認するように問う。

「もちろん！　今も私は幸せよ」

杉田さんの穏やかな微笑みに、遠野はふーっと肩の力を抜いたように見えた。

「今日は、わざわざ明美の手紙を届けに来てくれたのよね？　どうもありがとう。看護師さんってそんなことまでしてくれるのね。大変なお仕事だわ。……大変ついでに悪いんだけど、よかったら私からも、手紙を書いてもいいかしら。これをきっかけに、また明美と連絡がとれたら、私はとってもうれしい」

「はい。藤さんも喜ぶと思います！」

遠野がうれしそうに返事をした。

「そう……。じゃあ、富美子は本当に私を嫌っていなかったのね？」

「はい」

杉田さんに会いに行ってから二日後、遠野と一緒に藤さんのお部屋を訪ねた。杉田さんがお元気に暮らしていらっしゃることや、杉田さんのお気持ちを伝え、預かっていた手紙を渡した。

「私は勝手に彼女のことを『かわいそう』だって決めつけていたし、彼女もそうだった……。案外、似た者同士だったのかもしれないわ。富美子の住所が変わらないなら、これからも文通ができる。ふたりとも、本当にありがとう」

藤さんは、ゆっくりと頭をさげた。

「いいえ、とんでもないです。出過ぎたことかな、と思っていたんですけど、誤解がとけてよかったですね」

「ええ。人の幸せなんて、他人が決めるものじゃないのよね。大げさかもしれないけど、生きているうちにそのことに気づけてよかった……」

藤さんは杉田さんからの手紙を大切そうに胸に抱いて、窓の外を眺めた。きっとここからまた友情は復活するだろう。

「施設の見学も、より楽しみになったわ。もしかしたら、富美子に遊びに来てもらえるかもしれない。そう思うと、部屋選びもよりわくわくする」

高齢になっても、自宅で生活していなくても、新しく楽しいと感じられることはきっとある。五十年ぶりに友情が復活することもある。幸せは条件では決まらないのだ。

日勤の終わりの時間に藤さんの部屋をのぞくと、「思い残し」の女性はいなくなっていた。やっぱり、杉田さんだったんだ。私はホッと胸をなでおろし、ナースステーションへもどった。

「卯月さん、今回はありがとうございました」

遠野が恥ずかしそうにしている。

「今回は、自分のわがままでした。でも、結果的に藤さんにもお友達の杉田さんにも喜んでもらえて、よかったです。杉田さんも明るくて幸せそうで、私まで元気になりました」

「そうだね。何があるから幸せで、そうじゃないと不幸、ってことはないんだよね」

「はい。それと……自分はやっぱり患者さんが喜んでくれるのが一番うれしいっていうことに気づきました。自分の価値観が間違っていないことを証明したいっていう、意固地な気持ちがあったと思ってはいます。だから、行動じたいはわがままだったのかなって思いました。でも、結果的に藤さんの後悔をひとつ減らせたと思うと、うれしい気持ちです」

「うん。そうだね。結局、患者さんの今後が少しでも明るくなること、穏やかに過ごせるとのお手伝いができるのが、一番うれしいね」

「はい」

遠野はにっこり笑った。冬晴れのように、清々しい笑顔だった。

病棟のお昼休憩の時間でも、外来はざわざわしている。

強めにエアコンが効いた待合室で、上着を抱えた患者さんや付き添いの人たちが疲れた顔をしていた。これじゃ、受診するたび余計に具合が悪くなりそうだな、と思ってしまう。午前中の診察時間だけでは、とうてい終わらないのだ。患者さんがこれだけ残っているということは、外来の医者も看護師もしばらく休憩はとれないだろう。外来も大変だなあ、と思いながら売店へ向かう。

いつもは職場に来る前にコンビニで昼食を買ってくるのだけれど、今朝は寝坊ギリギリだったから買いそびれていた。病院の売店には、おにぎりやサンドウィッチも売っている。

ふと、見慣れた白衣姿が足早に通り過ぎていくのが見えた。九条主任だ。外来の患者さんたちの間をすりぬけ、奥へ歩いていく。そっちは、小児科の方向だ。

小児科の外来でよく目撃されている、と噂は聞いたけれど、本当だったんだ。私は何気なく、目で追っていた。すると、きれいでスタイルの良い看護師が出てきて、九条さんに話しかけている。北口の言っていた美人ナースとはあの人のことか？　まさか、不倫の噂は本当だったのかな……。

気になってつい眺めてしまう。すると、突然小学生くらいの女の子がまるでタックルでもするかのように九条さんの腰あたりに突進していった。

女の子に突撃され、驚いて振り返った九条さんは、顔をふにゃふにゃにして笑った。病棟では見たことのないような、やさしい顔だ。そういえば、娘さんがいるらしいと聞いた記憶がある。でも、中学生くらいと言っていたから違うか……。

女の子は、九条さんの手を引っ張って歩き出した。盗み見ているようで悪いと思ったけれど……不倫現場には見えなかった。

休憩室にもどりおにぎりを食べていると、九条さんが入ってきた。さっきの笑顔とは違う、いつものヘラヘラした顔だ。

「休憩お先です」

「あ、うん……お疲れさん。ねえ、卯月さん、さっき外来にいたでしょう？」

「あ、はい。外来っていうか、売店に行ったんですけど」

「そっか～。見てたよね？　病棟のみんなには言わないでくれる？」

「え……何をですか？」

九条さんは、少しバツの悪そうな顔をした。

「さっきの、娘なんだよ」

私は思わず目を見開いた。やっぱり娘さんだったんだ。

「もう中一なんだけどね。まあその、いろいろあってね」

中学一年生……。もっと小さい子に見えた。

「毎週、水曜日にね、外来の小児科に児童精神科の先生がくるから、通院しているんだ。最近ちょっと調子悪くて、診察中に癇癪《かんしゃく》おこしちゃったりしてさ。妻だけじゃ手におえなくてときどき俺も顔出していたんだけどね。香坂さんしか知らないから、あんまり言わないでほしいんだ」

「それは……言いませんけど」

「ありがとうね。子供の障がいとかさ、まあ、みんなに気を遣わせるかなと思ってね。同情されるのもなんか柄にもないし、だからって『ぜんぜん平気です』っていうのも、まあ嘘だし。大変は大変だからさ。うまくみんなに言えないんだよ。卯月さんには見られちゃったから、内緒ね」

「あ、はい」

私は、九条主任を誤解していたのかもしれない。いつもヘラヘラと笑って、ちょっと軽い感じに見えていた。だから、不倫の噂も少しだけ信じてしまっていたし、以前いた主任の御子柴さんと比べて頼りないと思ってしまうこともあった。でも、九条さんなりに、お子さんのことで苦悩していて、それをまわりに心配させないように、明るく見せていたのかもしれない。

休憩室にほかの看護師たちが入ってきて、みんながお昼を広げる。九条さんはいつもの調子にもどって、冗談を言ったりしてスタッフを笑わせていた。

人を見た目で判断してはいけないな、としんみり反省した。

黄昏《たそがれ》どきの桜木町《さくらぎちょう》は、信じられないほど混んでいた。

有名な観光地であるし、いつも人は多い。でも、クリスマスまでまだ二週間あるのに、この混雑はすごい。

松岡先生も、少し呆然として見渡している。

「いやあ、十二月の桜木町は混むって思ってたけど、本当にすごいな」

「私も、聞いたことはありましたけど、想像以上でした」

先日また松岡先生から食事に誘われた。ひとりで病気の心配をしていて気が滅入りそうだったから、ついＯＫしてしまったのだ。先日、専門看護師の試験結果がでて、私は無事に合格した。合格祝いもしたい、と言ってもらって、うれしかった気持ちもある。ランチをした日を最後に橘さんからの連絡はないし、ほかの誰とも約束はないし。松岡先生の熱烈な誘いに負けた形になるけれど、会ってみると白衣じゃない先生は意外とチャラくなかった。黒いコートの先生は、大人っぽくて落ち着いている。

人混みをかきわけるようにして、なんとか〝動く歩道〟にたどり着いた。桜木町駅からランドマークタワーへ向かう途中の歩行者通路で、有名な夜景スポットのひとつだ。正確には水平型エスカレーターというらしい。

ゆっくり進む歩道から見える景色は、どこもかしこも煌《きら》びやかに輝いていた。船の帆にもイルミネーションが飾られ、チカチカと点滅している。その向こうには、コスモワールドの灯り。観覧車も、いつもより派手に光って見えた。

ランドマークタワーのクリスマスツリーは毎年装飾が違うらしい。今年は、大きな赤いリボンで飾られたかわいらしいものだった。

「わあ、かわいいね！」

「ええ、きれいです」

「写真とろっか」

ふたりでスマホをかざして自撮りをする。

街中がウキウキした空気に包まれているけれど、心のどこかで思う存分楽しめていない自分がいた。どうしても、再検査のことを思い出してしまう。今日だけは忘れて楽しもうと思ったのに……。

ランドマークタワーを出てすぐのところにある円形広場で、大道芸人がジャグリングを披露していて、大勢の観客が集まっていた。陽気なクリスマスソングと観客の歓声が、楽し気な雰囲気を盛り上げている。広場を囲むようにすり鉢状になった階段の後ろのほうに、松岡先生と一緒に座った。空気が冷たくて、階段のコンクリートがお尻に冷たい。

大道芸人は、ボウリングのピンのような形をしたものを、ものすごい高さまで投げた。軌道に合わせて観客がみんな上を見あげて、わあー！　と声を出す。あっという間に落っこちてくるそれを、芸人さんはキャッチしてまた高く投げた。観客たちから歓声と拍手が沸き起こる。大勢の人たちが、同時に顔を上げたり下げたりしている光景は、なんだか少し滑稽だった。

あちこちで寄り添っているカップルたちが、みんなうらやましく見える。

あの人たちは、病気じゃない。きっと、みんな健康だ。

「今日は、なんか元気ない？」

「ああ、いえ。元気ですよ。せっかく誘ってもらったのに、テンション低く見えたならごめんなさい」

「いやいや、それはぜんぜんいいんだけど、無理に誘っちゃって、もしかして困ってるのかな、とか思って」

「困るとか、そんなことはないです。楽しいです」

「それならいいんだけど」

少しだけ触れている肩から、先生のぬくもりが伝わってくる。ジャグリングを見あげる先生は、無邪気なほど楽しそうだ。

私がいなくなっても、誰も困らないと思っていた。松岡先生は、どうだろう。いつも私を気にかけてくれて、好意を寄せてくれていると思う。彼は、悲しんでくれるだろうか。

……この人になら、相談できるかもしれない。

「あの、実は、十月に子宮頸ガンの検査を受けたんです」

「ああ、そうなんだ。検診、大事だよね」

芸人さんがまた大技を披露して、会場が沸く。

「それが……再検査になっちゃって」

先生は、バッと私のほうを見た。

「え！　再検査の結果でた？」

「……行けてないんです」

「え？」

「忙しいのと……やっぱり怖くて、再検査に行けてないんです」

「だめだめ。行こう。すぐ。今すぐ予約とろう」

先生は、スマホをコートのポケットから出して、検索をはじめた。

「さすがに青葉総合病院では嫌だよね。それなら、近くだと……あ、白鳥《しらとり》病院はどう？

近いし、ここ婦人科有名だよ」

まるで、自分のことのように、食い入るように検索している。

「私、まだ検査するって決めてないです」

「だめだよ。受けてね」

「……怖いです」

先生は、スマホを膝に置いて、じっと私の目を見て言った。

「怖いからこそ、検査するんでしょ。手遅れになったら、もう怖いとか言っていられないんだよ」

「それは……そうですけど」

「それに、もし病気が見つかって大変なことになっても、ちゃんと僕が支えるから。毎日面会も行ける。高額な治療なら、お金だって出しちゃう。臓器が必要なら提供するよ」

「それは……婦人科なのでありえないです」

ちょっとだけ、吹きだしてしまった。真面目な話なのにおかしなことを言うから、きりきりしていた緊張が、少しほぐれる。

「あ、それはそうか。でも、そのくらいなんでもするよ。お願いだから、検査を受けよう。僕が代わりに受けられるなら、いくらでもやる。でも、卯月さんの体は卯月さんにしか動かせない」

先生は、じっと見つめた目をそらさない。

「もし卯月さんがいなくなったらと思うと、僕には耐えられない」

ひゅっと胸が縮むような、息が止まるような気持ちがした。

じっと見つめても、先生は目をそらさなかった。

「再検査、受けよう。ね、大丈夫。一緒に、結果を受け止めるから」

こんなに私のことを思ってくれる人が、ここにいた……。

それなら、やっぱりちゃんと検査を受けてはっきりさせよう。それでもしガンだったら、しっかり治療をすればいい。私は、ようやく決心がついた。

「すぐ……予約します」

松岡先生が、大きくうなずく。

大道芸人の大技が決まったのか、広場は大歓声に包まれた。

5　それでもそばにいたいから

アラーム音を止めて寝返りを打つと、もふもふしたアンちゃんの毛が顔にふれた。いつものように、枕元で寝ているらしい。お腹に顔をうずめて背中をもじゃもじゃ撫でると、ゴロゴロと喉を鳴らしておでこをぺろぺろなめてくれた。

「おはよう、アンちゃん」

体を起こすと、アンちゃんは寝転んだまま大きく伸びをした。

「かわいいねえ。いい子、いい子。今日も一日お留守番、よろしくね」

アンちゃんは耳を少しぴくりと動かして、また丸まって眠りについた。

カーテンを開けると、日差しがぽかぽかとあたたかい。窓から見える通りの桜並木は、つぼみがふくらんできていた。また春が来たなあ、と実感する。

「田中《たなか》さん、お食事の時間ですよ」

女性の四人部屋にいる田中さんに声をかける。ベッドに寝たまま目を開けて、じっとどこかを見つめていた。かわいらしいピンクの水玉模様のパジャマを着て、長い髪はシュシュでまとめられている。

田中結愛《ゆあ》さんは二十八歳の女性で、交通事故で脳を損傷し意識不明になり、そのまま植物状態になった。心臓は動いているし、自発呼吸もある。目を開けることはできるので、まわりを見ているように錯覚するけれど、実際は何も理解していない。

去年の春から入院しているので、ちょうど一年たったところだ。

自分で何かを食べることはできないので、鼻から経管栄養のチューブを入れている。そこから、栄養剤を注入することで、田中さんは一年間生きてきた。

「今日のお昼は、いちご味ですよ。おいしいですかね」

声をかけながら、ベッドを少し起こした。体がずり落ちないように、クッションで支える。経管栄養のチューブが正しく装着されているか確認し、栄養剤のボトルをぶらさげた。

栄養剤は、それを摂取するだけで何年でも生きていけるだけの栄養とカロリーが入っているため、味だけを優先させるのは難しい。でも、最近の商品は香りや味も良いものが多く、患者さんに人気のものもあるそうだ。今日のいちご味も、においはかなり良い。

「今日はいちご味なの？　おいしそうね！」

向かいのベッドから、野原《のはら》さんが声をかけてくる。野原弘子《ひろこ》さんは、五十代の女性で、右麻痺がある。自宅で訪問看護を導入して生活していたが、腰骨のところに褥瘡《じょくそう》と呼ばれる、いわゆる床ずれができてしまい、入院してきた。白髪を明るい茶色に染めた陽気な人で、ヒョウ柄のパジャマがトレードマークだ。

姪っ子さんが田中さんと同じくらいの年だそうで、何かと気にかけて話しかけたり、「眠り姫」と呼んで見守ってくれている。

田中さんは植物状態だから何も答えないし、味もにおいも感じられないけれど、いちご味をなるべくおいしいと思えているといいな、と思う。感じられないからといって、おいしくなくていいわけじゃないし、話しかけなくていいわけじゃない。

経管栄養の滴下《てきか》を確認しながら、視野に入る「思い残し」を、なるべく気にしないようにつとめた。年の近い同じ女性として、直視すると胸が痛む。

窓辺に、純白のウェディングドレスがうっすら透けている。一年前、田中さんは結婚が決まっていたのだ。式の日取りも決まり、着々と準備が進んでいた矢先の事故だった。

それがどんなに残酷なことか、想像するのは難しくない。

「また来ますからね」

滴下に問題ないことを確認し、ほかの患者さんの昼食準備のために部屋を出た。

ナースステーションへもどると、何やら空気が張りつめていた。面会者の受付のところで、北口と丹羽が、ひとりの男性に対応している。

「どうしたの？」

私は、点滴の準備をしている遠野にこそっと声をかけた。

「あの男性、今度転院してくる患者さんのご家族らしいんですけど、今日、先生との面談があるんですって。けど、予定より早く来て。それに対して丹羽が『十五時からです』ってお伝えしたら、キレだしたんです」

「え、どういうこと？　なんでキレるの？」

「知りませんよ。早く医者を呼べ、とか文句言っていましたよ。香坂師長が会議中なんですけど、すぐ来てくれるみたいなので、みんな様子見てるんです。あんまり大勢で対応しても刺激するだけかな、と思いまして」

ナースステーションにいる看護師たちは自分の仕事に集中するふりをして、みんな耳をそばだてて状況を見守っている。私も遠巻きに男性を眺めた。

「あのねえ、僕は責めているんじゃないんだよ。ただ、病院で第一優先にするべきなのは、誰ですか？　って話。患者と家族が一番大事だろ？　それをお前は、『十五時のお約束です』なんて一言で片づけて……まったく、どういう教育受けているんだか。教育方針があれば聞きたいもんだ。僕にはねえ、厚生労働省の官僚に知人がいるんだよ。こんな病院、ひとひねりだ」

ネチネチと文句を言う声が聞こえてくる。濃い紺色のスーツを着た、一見すると真面目そうな普通の中年男性だ。

「うわあ……きつ」

遠野が下を向いてぼそりと言う。

「ペイハラってやつですね」

患者やその家族が医療者に対して理不尽な怒りをぶつけるペイシェントハラスメントは、昨今問題になっている。病棟看護師は若い女性が多いこともあってか、患者さんやご家族から文句を言われる頻度は高い。なかには、医者に言いにくいことも看護師には言える、という人もいる。

「最初に丹羽が対応したんだよね？　大丈夫かな」

「北口にすぐ報告していたみたいだし、北口はすぐ師長さん呼んでいたんで、大丈夫だと思いたいですけどね」

ヒリヒリとした緊張感がナースステーションに漂っている。

そこへ、香坂さんが颯爽《さっそう》とあらわれた。背筋を伸ばした凛とした姿は、救世主に見えた。

「失礼します。師長の香坂です。いかがなさいましたか？」

香坂さんは、丹羽と北口に向かい合っていた男性の前に立ちはだかるように入りこんだ。男性は、さっきから訴えていたことと同じことを香坂さんに繰り返す。

「この小娘が医者を呼ばないから、僕が教育してあげていたんだ」

「この病棟には、小娘なんておりませんけど」

男性の主張を黙って聞いていた香坂さんが、はっきりと言い切った。男性がぐっと口ごもる。言い返されると思っていなかったのかもしれない。香坂さんのきりっとした目元は、より鋭さを増していた。

「お約束の時間をお伝えしただけで、病棟看護師に不手際はありません。おっしゃる通り、患者さまのことを最優先に考えるのは私たちの仕事です。ですから、今この瞬間も患者さまのために時間を使いたいのですが、あなたのお話はまだ続きますか？」

「なんだその言い方は。厚生労働省に言いつけるぞ」

「ええ、どうぞ」

淡々とした香坂さん。

「医者を呼べ！」

ヒートアップする男性。

「担当医の柊はほかの患者さまとの話し合いの最中です。その患者さまも、あなたのおっしゃる大事な患者さまと同じ存在ですよね？」

「ううう。もうこんな病院には転院させない！」

「ええ、構いません」

きっぱりした香坂さんの口調に、男性は顔を真っ赤にして、どすどすと足音をたてて病棟から去っていった。

はあ〜っと言って北口が椅子に座りこむ。丹羽は、真顔でじっと立っていた。

「大変だったわね。怖かったでしょう」

香坂師長の言葉にナースステーションの緊張がいっきに緩んだ。

「怖かったですー！」

北口のあげた声に、様子を見ていた看護師たちがまわりに集まりだす。

「大変だったね、ほんとお疲れ！」

「ああいうの困るよね」

「逆恨みされるかもだから、しばらくは守衛さんにチェックしてもらおう」

みんな口々にふたりをねぎらった。実際に、患者さんに逆恨みされてしまうケースもまれにあるから、前線の看護師は危険な仕事ともいえる。

「患者さまやご家族との信頼関係を築いて最大限のお手伝いをするのが私たちの仕事ですが、理不尽なクレームには毅然とした態度で接して良いと思っています。でも、みなさんも言っていたように、逆恨みをされることもあります。だから、今回みたいにすぐに主任や私を呼んでくださいね。良い対応でしたよ。ご苦労さまね」

「ありがとうございます」

香坂師長の言葉に北口は泣きそうになっていて、丹羽は無言で下を向いていた。

休憩室の窓から見える空が薄暗くなっている。私は、少し眺めてからカーテンをしめた。

「卯月さん、ごはん行けますか？」

遠野と北口が休憩室に入ってくる。

「うん、行けるよ。今日は大変だったもんね。何食べようか」

「焼肉どんどんの個室、予約しました。個室のほうが気兼ねなく話せるからいいかなって思って」

「あそこ、個室あるんだ。いいね、行こう。丹羽は？」

「香坂さんと少し話してからくるみたいです。今日の例のおじさんに最初に対応したのが丹羽だったのでたぶん師長さんが心配しているんだと思います」

「そっか。あんまり気にしないでいられるといいんだけどね」

北口は、何か思いつめたような、真面目な顔をしていた。

「北口？」

「あ、はい」

「大丈夫？」

「私は……大丈夫です。でも、丹羽さんが心配で」

「大丈夫でしょう。丹羽は、ああ見えてしっかりしているから」

遠野がきっぱり言った。北口は、まだ心配そうにしている。遠野がそんな北口の顔をのぞき込んだ。

「北口はさ、丹羽の自傷行為を心配しているの？」

北口が、え！　と声をあげた。

「遠野さん、知っていたんですか？」

「うん。あの子、最近手首にベージュ色の湿布してるじゃん。あれが、手を洗ったときにはがれちゃったみたいで、休憩室で貼り直してたんだ。そのとき痕が見えたから気づいた」

「え……知ってるって気づきませんでした。遠野さん、ぜんぜん態度変わらないから」

北口は、おろおろしている。

「そりゃあ、態度は変わらないでしょ。古い痕に見えたし、過去につらいことがあったのかもしれないけど、それを乗り越えて今の丹羽になったんだろうなって思った。っていうか、逆に、リストカットの痕があったらなんで態度変わるの？」

「ああ、それ卯月さんにも言われました……。態度を変えるわけじゃないですけど、なんていうか、やっぱり繊細なのかなって思って、気になります」

遠野はうーんと首をかしげた。

「繊細だから優しくしてくれないと自傷しちゃいます、って子は、この仕事は向かないんじゃないかな。最近は、ちょっとでも厳しいこと言うと、なんでもパワハラって言われちゃうけど……それって働いている環境によると思うの。仕事っていろいろあるけど、私たちは常に人の生死に関わるでしょ。だからこそ、看護師のメンタルヘルスはすごく大事なんだけど……それでも患者さんの急変に立ち会ったとき、『私メンタル弱いから怖いです。助けて』とか言って何もできなかったら、ダメだと思うんだ。その子がダメって意味じゃなくて、適材適所があるってことね。仕事で自分を犠牲にするのもよくないし。一般の企業はわからないけど……ここは病院だから。何かあったときに患者さんが死んじゃったら取返しがつかない。

けど、丹羽はそういう子じゃないでしょ。過去に何があったか知らないけど、しっかり看護してる。少なくとも、患者さんが大変なときに自分の繊細さを理由に逃げ出すような子じゃない。逃げない子だからこそ、ちゃんと支えてあげなきゃいけないと思うけど、それは丹羽に限らないでしょ。みんなで、お互い支え合って仕事していかなきゃ」

北口は、ふーっと息を吐いて元プリセプターを眺めた。

「遠野さんだったら、そう言うだろうなとは思いますけど……やっぱり心配はしちゃいますよ。だって、今日の場合は、丹羽さんが悪いんじゃなくて、理不尽な怒りを向けられただけじゃないですか。丹羽さんが悪いんなら、私も『つらいのは丹羽さんじゃなくて患者さん』って言いますけど……」

「医療現場なんて、どこも理不尽だよ。そもそも、人が突然病気になったり急変して亡くなるのだって、理不尽じゃん」

「そうですけど……」

北口と遠野は、プリセプターの期間が終わってからも、先輩後輩としていい関係性を持っているな、と思った。どちらの意見が正しい、ということではなくて、信用しあえているから本音で話せる。

「すみません。お待たせしました！」

そこへ丹羽が入ってきた。思ったより、すっきりした顔をしている。

「丹羽さん！　大丈夫？　今日は大変だったね」

北口がやさしく声をかけている。

「ああいうの、初めてだったので、ちょっと怖かったです」

「とりあえず、ごはん行こう。焼肉、予約したから」

遠野が言って、私たちは休憩室を出た。

肉の焼ける香ばしいにおいに、食欲が刺激された。だいぶあたたかくなってきたけれど、日が暮れるとまだ冷える。みんなコートやジャンパーを脱いで、個室のハンガーにかけた。

「関東の春は、寒いですね」

北口が手をすりあわせている。

「北口は、出身どこだっけ？」

「三重です。その中でも海沿いのほうなので、わりと温暖なんです」

「横浜も、海近いからそんなに寒くないけどね」

「いやあ、三重と比べれば……」

「そういえば、先月九条主任の帰省土産置いてありましたけど、青森の人ですよね？　寒いんだろうな～」

そう話す丹羽も神奈川出身と言っていた。

九条主任の名前がでて、ふと娘さんのことを思い出す。先月、遅いお正月休暇をつかって実家へ帰ったと言っていた。長時間の移動ができるほど、娘さんが安定しているなら、よかったと思った。

「ハイボールにしよっかな」

遠野がタッチパネルのメニューを見ながらつぶやく。みんなの飲み物とお肉を適当にいろいろ注文した。

「九条主任といえば、外来ナースとの不倫の話、なんか進展あった？」

遠野がニヤニヤして言う。

「あ、それなんですけど……」

北口が困ったように苦笑した。

「外来の子の壮大な勘違いっていうか……」

「ええ、そうなの？」

「はい。詳しくはわからないんですけど、ぜんぜん不倫とかじゃなくて、九条主任のお子さんが受診していたらしくて。その付き添いだったらしいです」

「なんだ～」

「美人看護師のいる日ばっかり見かける、とか言ってたのも、お子さんの担当医のいる曜日とその看護師の出勤日が重なっていただけらしくて」

「もう、いい加減だな～。不倫どころか、めっちゃいいパパじゃん」

みんなで笑う。結果的に、主任の株があがった。

私は、娘さんに向けた九条主任のやわらかい笑顔を思い出す。大変なことも多いだろう。でも、あんな表情を見せられるのだから、きっと娘さんをとても大事に思っている。

主任自身は病棟のみんなに知らせたくないと言っていた。だから、私の口から言うことはないけれど、もし、主任が自分から言うときがきたら、全員で協力してサポートしたい、と心に決めた。

飲み物が届く。みんなでジョッキをあわせてから、私はビールをぐっとひとくち飲んだ。喉をぬける爽快感とほのかに広がる苦味がたまらない。思わず、はあ〜っと声を出した。

婦人科の再検査が終わるまで、念のためにお酒を控えていたけれど、先日やっと行ってきた。もう、結果を聞くまでは今まで通り過ごそうと思っている。

「それで、丹羽は今日、大丈夫だった？　個室だから、大声じゃなければご家族のこと多少悪く言っちゃって大丈夫だよ」

遠野がにやりと笑って、丹羽に話をふった。

「ああ、それで個室にしてくれたんですか。すいません。今日は、正直困っちゃいました」

「いや、ほんとだよね。丹羽さん、よく対応していたと思うよ。えらいなって。私が新人のときじゃ、テンパっちゃってたと思う」

「北口さんがすぐ来てくれたからです。ひとりじゃ無理でした」

素直な丹羽の言葉に、北口が頬を赤くした。

「あのね、北口は、丹羽のストレス対処を心配しているんだよ」

何気ない口調で遠野が告げる。丹羽はちらりと遠野を見てから、自分の大きな腕時計のついた腕をぎゅっとつかんだ。

「北口さんと卯月さんは気づいてるって知っていましたけど、遠野さんにもバレてましたか」

「うん、ごめんね。前に休憩室で湿布貼り替えてたでしょ。そのとき見えたんだ」

「いえ、別に先輩たちに隠すことじゃないのでいいんです……。ただ、患者さんには見えないほうがいいかな、と思って」

「それは、そうだね」

「え！ っていうか、私と卯月さんが気づいてるって、なんで丹羽さん知ってたの？」

北口が目を丸くしている。

「あの……北口さんが私のこと心配してくれてるって、香坂師長さんから聞きました」

「え！ え、師長さんに相談したとき？」

「はい。一緒にお風呂介助のあったあとです」

はあ〜と北口は大きな声を出した。

「どうしたのよ」

私は、つい微笑んでしまう。感情の豊かな子だ。

「それを知らないまま私ずっと丹羽さんと接していたんだなって思って。そうか、そうだよね。師長さんが言ってくれたのかあ」

「自分から言わないですみませんでした」

「ううん。それはぜんぜんいいの。別に、わざわざ人に話さなきゃいけないことなんてないからさ」

「北口さんが心配しているって師長さんに聞いたとき、もしかしたら北口さんは私のプリセプターやめちゃうかもしれないって、本当はけっこう怖かったんです。だって、自傷行為したことある新人なんて、めんどくさいじゃないですか。でも、次の日もその次の日も、北口さんはなんにも変わらなかった。腫《は》れものに触れるような態度にもならなかったし、注意するべきことはちゃんと言ってくれました。それと同じくらい、今まで通り褒めてくれました。私、それがすごくうれしかったんです。この病棟にいてもいいんだって思えて、居場所が見つかったっていうか……本当にありがとうございました」

北口は、ほわっと口を開けてから、ゆっくりと両手で顔をおおった。

「どうしたの、北口。泣いてる?」

遠野がからかう。でも、その遠野も、うっすら目がうるんでいた。

「ちゃんと、丹羽自身と向き合って指導できてたんじゃん。えらかったね」

「ほんとに、北口さんがプリセプターでよかったと思っています。ありがとうございます」

「ちょっと、本当に泣かせないでよ〜」

そう言いながら、北口はおしぼりを目元にあてた。

「リストカットしていたのは、中学生の頃です。本当に一時的なもので、今はもうしていません。中学校にいたスクールカウンセラーの先生に、とてもお世話になって。それで、すっぱりやめられました。恩人だと思っています」

丹羽は、自分の腕をさすっていた。

「そのときは、自分なんて消えてしまえばいいって、本気で思っていたんです。死んだほうがいい。いらない人間。心の底からそう思っていました。だから、自傷行為はやめられましたけど、看護師を目指したのは、人の役に立ってることをわかりやすく実感できる仕事だったからなんです」

丹羽は、少しうつむいて唇をかんだ。

「〝人の役に立つこと〟じゃなくて、〝人の役に立っている実感〟のほうが大事でした。私も存在していていいんだって、誰かに言ってほしくて。看護師は、そのために一番よかったんです。一生懸命やれば、患者さんやご家族から『ありがとう』って言ってもらえます。私は、自己肯定感をあげるために働いていたんです。でも、今日みたいにクレームを言ってくるご家族に初めて出会って、甘ったれてたなって思いました。いいことばかりなはずがない。感謝されたいなんて理由でやっていい仕事じゃないって、改めてわかりました」

北口がおしぼりを置いて顔をあげる。

「え、じゃあ、まさか……やめたくなった？」

丹羽は、真面目な顔をした。

「今日のことは、正直しんどいって思ったんです。でも、やめたいとは一瞬も思いませんでした。自分でも、それが不思議で……。もう、感謝されたいって理由だけで働いていたわけじゃなかったみたいです。患者さんのためにどうしたらいいか、よりよい看護とは何か。それを考えて働きたいって、強く思えました。さっき、師長さんも心配してくれて面談したんですけど、自分ではっきり言いました。このまま看護師を続けたいですって」

「もう充分、自己肯定感があがったのかもしれないね」

私は、ビールをひとくち飲んでから、話した。

「もう患者さんからの『ありがとう』だけで自分を支えなくても、大丈夫になったんだね。だから、本当の意味で患者さんのために看護ができるようになった。頑張った自分のことを、ちゃんと全部認めてあげられたんだね」

「そう……なのかもしれません。そうだったら、自分でもうれしいです」

丹羽は少し照れくさそうに微笑んだ。

「あ！　あと、最近私少し太ったんです」

ポンポンと自分のお腹のあたりを触っている。

「ええ、そうなの？　細いからもう少し食べたほうがいいよ、とは思っているけど」

北口が自分のお腹と見比べている。

「実は私、自傷行為をやめてから、ジョギングばっかりしていたんです。つらくなったら走る。それが、私の対処行動だったんです。でも、最近、あんまり走っていないなって思って……。じゃあ、何していたんだろうって思い出してみると、北口さんとごはんに行っていたんです」

「ええ！」

「スクールカウンセラーの先生に、適切なストレス対処の方法は多ければ多いほどいいって言われていました。趣味をもつとか、運動するとか、相談できる友達を増やすとか、矛先が多いほうがいいんですって。私はジョギングぐらいしかなかったんですけど、最近あんまり走らないで済んでいるのは、北口さんに相談するっていう対処がひとつ増えたからだって、わかったんです」

「ちょっと、何それ、めっちゃうれしい……」

北口の目がまたうるんでいく。

「私もうれしいんです。今までは、スクールカウンセラーの先生以外、人に相談することは、自分には合わないと思っていたんです。そこまで親しい友達もいなかったし、人に聞いてもらってどうにかなるもんじゃないと思っていたし、依存もしたくなかった。でも、北口さんには、依存とかじゃなくて気づいたら相談してて、知らないうちにジョギングが減っていました。これって、すごく健全じゃないですか？　おかげで体重も健康的になってきました」

黙って聞いていた遠野が、そっとおしぼりを目元にあてた。さっきは休憩室で厳しいことも言っていたけれど、ちゃんと後輩ひとりひとりを気にかけてあげているやさしい子なのだ。

「丹羽は、看護師としても人としてもちゃんと成長してさ、北口はすっかり良いプリセプターになって、なんかしんみりしちゃいますね」

遠野が私に顔を向ける。

「私に言わせたら、遠野も、だけどね」

後輩たちがそれぞれの葛藤や悩みを持ちながら成長していく。それは、私にとってもうれしいことだし、病棟にとってもすばらしいことだと思った。


排泄の介助を終えて、ベッド周囲に消臭スプレーをまく。植物状態の田中さんは意識がないから、すべてオムツだ。同じお部屋に面会者が来ているなど、状況を気にすることもできない。面会者の方が臭いと感じたら不快かもしれないし、周囲ににおいがもれたら田中さんは恥ずかしいだろう。

私たちはできるかぎり患者さんの体やベッドまわりを清潔にたもち、患者さんの生きている尊厳を守りたいと思いながら、ケアを提供している。

窓を少しだけ開けて換気をする。ほのかにあたたかい風は、花のようなにおいがした。

「こんにちは。処置中ですか？」

田中さんのベッドを囲うカーテンを開けると、婚約者の倉井《くらい》翔太《しょうた》さんがいらした。

「ちょうど終わったところです」

倉井さんはヘルパーさんの持っている排泄介助カートを見て、

「いつもありがとうございます」と言った。

「いえいえ、ちょうど終わってよかったです。田中さん、倉井さんいらっしゃいましたよ」

婚約者の倉井さんは、田中さんと同じ年と言っていたから、二十八歳。IT企業につとめる会社員だそうだ。やわらかそうな髪をした、さわやかな好青年である。

ではごゆっくり、と声をかけて部屋を出た。

「婚約者の方、もう一年待っているのね」

片付けを終えてナースステーションへもどると、一緒にケアに入っていたヘルパーの林さんが切なそうに言った。

「そうですね。ちょうど一年です」

「田中さん自身も気の毒だけれど、意識がないから悲しみも感じないでしょう？ でも、婚約者の方は、ずっとつらさを抱えて生きていくのねえ」

林さんは、田中さんや倉井さんと同じくらいのお子さんがいると聞いたことがあった。

「そうですね。事故など突然の場合は、まわりのほうがつらいこともあるかもしれませんね」

「それでも生きていくしかない。過酷ねえ。親御さんもつらいでしょうに……」

林さんは肩を落として、別の介助へむかった。

部屋の見まわりをしていると、倉井さんが田中さんのベッドサイドに座っていた。ふんふんと微《かす》かに鼻歌のようなものが聞こえたから、ちらっとのぞくと、田中さんにイヤホンをつけて、自分も一緒に音楽を聴いているらしい。やさしく髪を撫でている。

思い出の曲なのかもしれない。

声はかけず、ふたりの時間を尊重した。

ロッカーをばたんと閉めて、かばんを持った。残業もなかったし、帰ってゆっくり録りためたドラマでも見よう。

「あれ！　卯月じゃん。久しぶり」

振り向くと、透子《とうこ》さんがいた。

神原《かんばら》透子さんは前に長期療養型病棟で一緒に働いていた先輩看護師で、今はＩＣＵで働いている。

「わー！　久しぶりですね。同じ病院でも、なかなか会えないものですね」

「うん。卯月は、大学院行ってたんだっけ？」

「はい。もう修了して、試験も終わりました。無事、専門看護師になりました」

今後も五年ごとに更新審査を受けなければならないため継続して勉強は必要だけれど、

とりあえず試験には合格した。

「おお、おめでとう！　久しぶりにごはんどう？」

「行きたいです！　あ、山吹も誘っていいですか？　この前、患者さんのことでお世話になったのに、そのあと会えていないんです」

パーキンソン病の患者さんが外出するとき、訪問看護ステーションにお願いして、ポータブル吸引機を借りたことがあった。そのとき手配してくれたのが、後輩の山吹奏だった。

「おお、いいね！　私も会いたい」

病院を出ると、空気が微かに湿ってあたたかい。春の夜のにおいがした。

山吹に連絡をすると今日は休みだったらしくて、お店の前で待ち合わせをすることにした。

ふたりでよっちゃん寿司まで歩く。透子さんは、お寿司に目がない。

「試験、合格おめでとう！　乾杯」

三人でビールジョッキをあわせる。

「くうー！　休日のビールもうまいなあ」

山吹がうなる。久しぶりに会ったのに、元同僚たちはあっという間にいつもの空気になる。これが、居心地がいい。

「試験、難しかった?」

透子さんがタッチパネルでお寿司を注文しながら言う。

「難しかったですね……」

過去問を見ていたから想定していたけれど、国家試験のような、正解をひとつ選べばいいという試験ではなかった。暗記して答えられるようなものでもない。

「すっごい丁寧なアセスメントが要求されるっていうか、当たり前なんですけど、事例の読み取りがまず大事なんですよね。誰が、何に困っているのか、そこが正確じゃないと適切な看護はできない……。論理的根拠をもって文章で答えないといけないんです」

「うんうん。言ってる意味はわかるけど、それが難しいんだよね」

「はい。過去問があるんですけど……」

私はスマホに保存しておいた過去問の解答アドバイスを読む。

「『研究成果・エビデンスを臨床に適用することにおける課題を問う問題だったが、看護研究の実施に関する課題を記述した受験者がいた』って書いてあって、『設問を適切に読み込み、事例の問題をアセスメントすることが必要だ』、ですって」

「ええ、ちょっと待って。一回聞いただけじゃ、ぜんぜんわかんない」

透子さんが笑った。

「私は、何回も読みましたけど、それでも難解でした。在宅看護の過去問もあるよ」

山吹に言うと「え、知りたいです」と身を乗り出した。

「なんかね、倫理調整や訪問トリアージに関する設問が多かったみたい」

「あー……」

と言ったまま、山吹は上を向いた。数秒して、

「訪問トリアージってなんでしたっけ？」

と言うから笑ってしまった。

「簡単に言えば、プライバシーより命を優先しますよ、ってことだと思う。訪問看護だと、プライバシーを理由に症状を隠したりする方、いらっしゃらない？」

「ああ、それめっちゃあります。ご近所の目もありますし、訪問看護師が来ていることじたい知られたくない、って方もけっこういらっしゃいます」

「だよね。医療が生活にどこまで入っていけるかって、難しい問題なのかもね」

注文していたお寿司が届きだす。私は、ホタテのお寿司を口にいれた。甘くておいしい。透子さんは、コハダを食べていた。さすが寿司好き、チョイスが渋い。

「やっぱり専門看護師って難しいんだねえ。ＩＣＵにも、専門看護師の人いるんだよ。

視点が鋭いっていうか。すごいなって思う。その人は救急外来も専任してるからめっちゃ忙しいはずなんだけど、冷静なんだよね」

「救急の人もすごいですよね。急性期の過去問では、『意思決定権の支援』について書かれていた気がします。職場の人間関係、パワーバランスとかも考慮できなきゃいけないって」

「それ、めっちゃわかるわ。やっぱり、声の大きい人っているんだよね。意見が通りやすい人。でも、そうじゃなくてみんなでしっかり話し合って、患者さんに最適な看護を提供しないといけない。専門看護師はその調整もしてくれるから、いてくれるとありがたいよね」

透子さんが、ずずっとお茶をすする。

「私はさ、新卒からオペ室にいて、そのあと長期療養にいって、今はICUにいるんだけど。オペ室にいたときには人の死を負けだと思ってたって話、したよね？」

「はい。聞きました」

「長期療養で働いてみて、負けとは違う意味があるんじゃないかって思うようになったの。それで、それを確認したくてまた急性期にもどったんだ」

「はい。……働いてみて、どうですか？」

透子さんは、腕を組んだ。

「正直、まだわからないかな。直前まで元気だった人が、交通事故にあって救急車で運ばれてきて、体がつぶれちゃったりして悲惨な目にあっていて、それを私たちが救えないと、これのどこが負けじゃないんだ、って思うこともある。緊急手術しても助からなくて、ご家族も間に合わなくて、それを私たちは、次から次へと来る患者さんの波の中でしだいに忘れていくの」

急性期の忙しさでは、ひとりの患者さんの死を引きずっていたら、仕事にならないのかもしれない。

「でもね、ふとした瞬間に、思い出すんだよ。あの人のご家族、どうしているかなとか。お元気にしていらっしゃるだろうかとか。たまに、同僚とも話したりするの。完全に忘れることは、やっぱりできないんだよね。この、思い出すっていうことも、看護のひとつなのかなって、最近思うときもあって……。いや、看護じゃなくて、自分への対処なのかな。急性期における人の死にいったいどんな救いがあるのか、そのことを模索してる途中だから、いろいろ考えながら働いているのかもしれない」

山吹も腕を組む。

「私も、訪問に行ってからより考えるようになりましたね。延命って意味では、入院したほうがいいんだろうなって方もいらっしゃるんですよ。でも、生きる意味ってなんだろう？　って考えると、利用者さんの尊厳が一番守られることなのかなって思ったりします」

「長期療養も同じかもしれない。長期にわたる終末にどんな救いがあるのか。それを見つめ続けながら働くんですよね。私も、しっかり自分の看護と向き合わなきゃです」

「いやいや、卯月は勉強もして、試験もうけて、えらいよ。尊敬する」

透子さんがまっすぐに私を見て言った。

「え……、ありがとうございます」

正面から褒められると恥ずかしい。自分の年次があがってくると、怒ってくれる人も褒めてくれる人も減るから、たまに親しい先輩に会って褒めてもらうのは、精神衛生上とても良い気がした。

「そういえば、透子さんって去年結婚したじゃないですか」

「ん？　うん。どうしたの、急に。結婚したい人でもあらわれた？」

ぶふっとお茶にむせる。

「やだ、図星？」

「いや、そういうわけじゃないんですけど……。その、彼氏さんと何年か付き合っていたわけですよね？」

「うん」

「それで、結婚にいたったタイミングというか、決め手はなんだったんですか？」

透子さんの旦那さんは消化器外科の医者で、少し年下と聞いていた。結婚願望はあったけれど、急性期でバリバリ仕事を続けたいから、まだタイミングがわからないと以前は話していた。それが、去年入籍した。

「結婚の決め手、私も知りたいです」

山吹が、お寿司をもぐもぐしながら言う。

「まあ、恥ずかしいくらいベタな話なんだけどね……。私がインフルエンザになって、寝込んだことがあったのよ。インフルエンザだと、決まった日数休まなきゃいけないじゃない？　だから、することないし、高熱だし、誰にも会えないし。仕方ないからひとりで寝ていたのよ。そしたら、彼がものすごい心配してさ。もちろん、うつすわけにいかないから会えないんだけど、アパートのドアノブになんかいろいろぶらさげていくのよ」

「ドアノブ、ですか？」

「そうそう。ビデオ通話しながら『今、スポーツドリンクとお粥《かゆ》をドアにかけたよ。取りに出られる？　離れて見てるから』とか言って。それで、玄関開けてみると、スーパーのレジ袋にいろんなものが入ってぶらさがってるの。食べ物とか飲み物だけじゃなくて、雑誌とか漫画とか。そんで、彼は廊下の離れたところで、すっごい心細そうな顔して立ってこっちを見てるの」

そこで透子さんは、思い出したようにうふふと声を出して笑った。

「その顔があまりにも心配そうでさ。こんなに私のこと思ってくれる人がいるんだって思ったら、たかがインフルエンザだけどさ、やっぱり孤独感がうすれていってね……。この人となら一緒にいたいって、強く思ったんだよね。自分が、元気で健康で、メンタルも安定しているときは、どんな相手でも一緒にいて楽しいと思うのよ。友達でもそうだと思う。けど、自分がつらいとき、きついときに、そばにいても大丈夫な人、一緒にいてほしい人だと気づいたっていうのが、決め手かな。元気にバリバリ働いている私じゃなくても受け入れてもらえるのって、うれしいじゃない？」

ね、ベタでしょ？　と言って、透子さんは少し恥ずかしそうにお茶を飲んだ。

わあ……と思わず小さな声を出してしまった。

「何よ、卯月。恋の悩み？」

「卯月さんの恋バナ、超レアなんですけど！」

「いやあ、なんていうか……。悩み……なんですけど、透子さんと山吹は、ふたりの男性で迷うってこと、あったりします？」

うーんと考えてから、

「私はないな」と透子さん。

「好き嫌いはっきりしてるほうだから」

「え、卯月さん、まさか二股ですか？」

と山吹が楽しそうに言う。

「いや、二股じゃないんだけど……。なんていうか、前からいいなって思ってた人と最近いいなって人のふたりがいて……どうしたらいいかわからないの」

「おお、卯月が恋愛で悩んでいる！　どんな人なの？」

透子さんもうれしそうに言った。

「ひとり目は大学院で出会った人で、何度も出かけたりしてていい感じなのかなって思ってた人です。クールな感じなんですけど、一緒にいると楽しい。シャイな人だからか、ちゃんと告白されたことはなくて……でも、それでもいいと思ってたんです。けど、秋頃に横浜でランチしてたとき、その人、病院から呼び出されて途中で仕事行っちゃって」

「ええ！　私はそれはなしです！」

山吹が声をあげる。

「医者？」

透子さんがずずずとお茶をすする。

「いや、その人は看護師なんですけど、救急の専門看護師で、その日は夜勤がふたり同時に休んで、どうしても自分が代わりに行かなきゃいけなかったらしくて……」

「それなら、私は許せるかな。医療者なら普通にあることだと思うし、かっこよく仕事してる姿が好きっていうのもあるから」

透子さんの旦那さんは医者だから、こういうこともあったのかもしれない。

「それはそうなんですけど……。やっぱりさみしかったんですよね」

「そりゃ、さみしいですよ。だって、デートしてたのに、ひとり残されたんですよね？　私だったら、仕事と私どっちが大事なの！　って言っちゃうかもです」

「わあ、山吹、言いそう」

透子さんが笑う。

「いやけど、実際、やっぱりいざというときにそばにいてくれる男のほうがよくないですか？　透子さんだって、普段は忙しい旦那さんが、インフルのときめっちゃ心配してくれたのがうれしかったんですよね？」

「ああ、まあね。それはそうだけど」

「で、二股のもうひとりはどんな人なんですか？」

「だから、二股じゃないからね！　もうひとりは、病棟の医者で……なんかずいぶん前から言い寄られていたというか、好意は感じていたんだけど、ちょっとチャラいのかなって思ってたんです。けど、実際に仕事ぶりを見てると、意外と真面目なのかなとも思えて……。何より、けっこう真正面から『かわいい』とか、『卯月さんがいないことは考えられない』とか言ってくるから……」

「ええっ！　それって私も知ってる医者ですか？」

「どうだろう……。どっちにしても、言わないよ？」

「えー、気になる～！　いいなあ！」

山吹が足をバタバタさせて「静かにしなさい」と透子さんにチョップをされていた。

「私、そういうの言われ慣れてないから、なんか頭がポーッとしちゃって、ちゃんと判断できてないんじゃないかって思うんです。専門看護師の人も一緒にいて楽しかったはずなのに、積極的な人につい引っ張られちゃうっていうか……」

「ああ～、もうそれは、ふたりともキープですね」

山吹が私の顔を指さす。

「卯月さんもともと、恋愛しよう！　っていう気持ちが強くないですから、好意を持ってくれてる男はふたりともキープ！」

「そんなぁ……」

「山吹はアホだなあ」

透子さんが笑う。

「卯月にそんな器用なことできるわけないでしょ」

うんうん、と私はうなずく。

「ほかに決め手はないの？」

「うーん、実は、病棟の先生のほうには、誰にも言えないと思っていた健康上の悩みを打ち明けることができました」

「なに、卯月どっか悪いの？」

透子さんと山吹が、心配そうにする。

「まだわかりません。でも、検査しなきゃいけなくなって……。けど、それが怖かったんです。きっと大丈夫に違いないって勝手に決めつけたり、自分がいなくなっても誰も困らないって思って落ち込んだりしてて……それで誰にも言えなかったんです。でも、その人には相談できて……再検査受けてきました。まだ結果はわからないんですけど、検査受けるだけでも私のなかでは重大決心だったので、その人に感謝しています」

「そっか。そんなことがあったのね。けど、わかるよ。患者さんには『早期発見・早期治療』とか口酸っぱく言ってるくせに、自分のことはけっこう後回しだよね」

「めっちゃわかります」

山吹もうなずいている。

「はい。それに、患者さんたちはこんなに不安な思いをしているんだ、っていうのは、自分でもやっとわかった気がします」

「そうだね。卯月の検査結果が何事もないことを祈るよ」

「ありがとうございます。っていうか、抱え込まないで早く透子さんとか山吹に連絡すればよかった。病棟だと、ほとんど後輩ばっかりなので、あんまり自分のこと相談しにくいんですよね」

「そういうときは、視野が狭くなっちゃうよね。実際は、話せる人けっこういるのに、ひとりぼっちみたいな気分になっちゃう」

「本当に、その通りでした。患者さんたちも、病気の告知や重要なインフォームドコンセントのとき、まわりから見たらそうじゃなくても、ご本人は孤独を感じているのかもしれない。それを、身をもって経験しました」

「これからは、より気持ちに寄り添えるね」

「はい。そうなるといいな、と思います」

透子さんは、やっぱりすごい先輩だな、と思った。私の経験したマイナスの感情も、しっかり糧《かて》にできるように促してくれる。検査結果がどうあれ、しっかり受け止めようと思えた。

「卯月さんの健康はもちろん願ってますよ！　けど！　ふたりの男たちはどうするんですか！」

山吹が割りばしを振り回して訴える。

「ね、ほんと。どうしよう」

私は苦笑する。まさか、自分が恋の悩み、しかもふたりの男性で迷う日がくるなんて、想像していなかった。

それから、ふと田中さんと倉井さんのことを思い浮かべた。婚約者が植物状態になっても一年も待っている倉井さん。元気じゃない状態の田中さんのことも愛している……。

そういうことなのだろうけれど、なかなかできることじゃない。何が正しいのか、私にはわからなかった。

「僕なら、大丈夫です」

田中さんのベッドサイドから、悲痛な声が聞こえてきた。私は、向かいのベッドの野原さんの褥瘡のケアをしている途中だ。耳だけで様子を窺う。

「でも、もう一年になる。今まで、翔太くんはずっと結愛のそばにいてくれて、ありがたいと思っているんだ。でも……結愛はもう目覚めないだろう。先生からも、ほとんど可能性はないと説明されている。翔太くんは、まだ若い。結愛のために時間を無駄にしなくていいんだよ」

田中さんのお父さんの声だ。

「結愛と別れても、誰も君を責めたりしない」

私は、褥瘡に軟膏をぬりながら、ご家族の気持ちもわからなくはない、と思った。未来のある青年を引き留めてしまっている気がしているのだろう。倉井さんは植物状態になってしまった田中さんと別れることに罪悪感を持っている……とご両親が思ってしまうのもわかる気がした。植物状態になった方は、十二ヵ月以上意識がもどらないと、もうもどる確率はほとんどないとされている。

でも、どうなのだろう。罪悪感だけで、これほど一緒にいられるだろうか。

「僕が今結愛さんと別れたら、捨てたみたいに思われるから無理に一緒にいると思っているのかもしれませんが、違います。もちろん、結愛さんには目覚めてほしい。また一緒に話したり笑ったりしたい。でも、もしそうならなくても、僕は一緒にいるつもりです。何もしゃべれなくても、理解していなくても、結愛さんのことが僕は好きなんです」

「でも……」

お父さんの渋い声がする。それを遮るように、倉井さんの声が聞こえる。

「お願いします……。そばにいさせてください。結愛さんが僕の生きがいなんです」

お父さんがぐっと黙り、部屋がしんと静まる。野原さんにも会話が全て聞こえていたのだろう。そっと目じりをぬぐっていた。


春のあたたかい木漏れ日がきらきらと揺れている。

白鳥病院を出ると、ベンチに座っていた松岡先生が勢いよく立ち上がった。再検査の結果が出たから聞きに行くと伝えたら、一緒に来てくれたのだ。婦人科だから待合室は遠慮する、と言って、外で待っていてくれた。

ベンチに駆け寄って、先生の目をまっすぐに見た。

「どうだった」

先生は、緊張した顔をしている。

私は、どんな顔をしているだろう。

「精密検査の結果は、問題ありませんでした！」

「わあ！　本当？」

「……はい。偽陽性みたいなかんじで、たまにあることだそうです」

「あああ、よかった」

先生が、大きく天を見あげた。

「ご心配をおかけしました」

「いやいや、何事もなくて本当によかった」

なんだか安心したなあ……と噛み締めていたら、先生が「おっ」と言って、ポケットからハンカチを出した。そっと私の頬にあてる。

え、と思ったとき、初めて私は自分が泣いていることに気づいた。

「わ、すいません。なんで……やだ、どうしよう」

ぽろぽろとこぼれる涙を止められなかった。手足がじんわりあたたまっていく。流れる涙とともに、不安な気持ちがぜんぶ出ていく気がした。

やっぱり、結果を聞くのは怖かった。

終わってみて、自分がどれほど気をもんでいたのか、実感している。

「ホッとしたよね」

先生の声がやさしい。

「はい。そうですね……」

「もし病気だったとしても、卯月さんのこと好きな気持ちにかわりはないよ。でも、病気じゃなくて本当によかった。いつまでも、健康でいてね」

「ありがとうございます」

そう言うと、先生がすっと手を差し出してきた。

私は、ちょっと恥ずかしかったけれど、その手をにぎりかえす。

あたたかい手をつないで、ふたりでゆっくり歩き出した。


「あら、ここちょっと赤くなっているわね」

田中さんのお風呂介助をしていると、林さんがお尻のあたりを指して言った。

「あ、ほんとですね。仙骨のところ……」

田中さんは意識がないうえまったく自分では動けないので、筋肉は痩せ衰え、体は骨ばってくる。経管栄養のときにベッドを起こすとどうしてもお尻に負担がかかるので、皮膚のトラブルが起こりやすい。

「気をつけないとですね」

「そうね。そっと洗っておくわ」

感染症の予防のために体を洗うことはとても大切だけれど、意識のない患者さんの肌は強くこすっても患者さんが痛みを訴えないため、注意が必要だ。また、お湯の温度も、患者さんにかける前に必ず介助者は自分の肌で確認しなければならない。ヤケドするような温度でも、患者さんはわからないからだ。また、手袋をしていることも多いため、介助者の多くは自分の前腕のあたりにさっとお湯をかけて確認する。これも、長年介助してきた人々の知恵だ。

機械浴と呼ばれる、ストレッチャーで寝たまま浴槽につかれる介護機に乗って、田中さんがゆっくり浴槽に浸かっていく。シャワーだけで済ませるより血行が促進され、体もあたたまる。私は、撫でるように腕や足をマッサージした。

田中さんを移動用のストレッチャーに移し、お部屋まで行く。脱衣所はそんなに広くないため、部屋にもどってからドライヤーをかけることにした。

「あら、お風呂だったの。さっぱりしたわね」

野原さんが声をかけてくる。

「ええ、きれいになりました」

私が答える。

「結愛ちゃんは髪がきれいよね〜」

「ストレートで、健康的な髪ですよね」

私はドライヤーをかけながらブラシで梳《す》く。

田中さんは無表情のまま、されるがままに動かない。

それでも、野原さんも私も普通に話しかける。同室患者さんや看護師ですらそうなのだ。婚約者の倉井さんが、このままの状態でも一緒にいたい、と思う気持ちは、胸が痛むほどによくわかった。

サラサラになった髪を婚約者の倉井さんが撫でている。仕事が終わると病院に直行しているらしく、スーツ姿が多い。廊下で少し眺めてからナースステーションに戻ると、エレベーターのほうから田中さんのお母さんがいらした。もともと細い体型なのだろうけれど、この一年で余計に痩せたように見える。娘が突然植物状態になってしまったら、その心労は想像がつかないほど大きなものだろう。

「こんにちは。ご面会ですね。結愛さん、今日お風呂に入りましたよ」

「ああ、そうでしたか。ありがとうございます」

「お母さまは、ご体調お変わりないですか？」

「ええ、おかげさまで……。なんとかやってます」

微笑む目元に疲労がにじんでいる。無理しすぎないでほしいな、と思った。

記録をつけてから顔をあげると、田中さんのお母さんが談話室にひとりでいるのが見えた。

「ご面会じゃなかったんですか？」

声をかけると、少し苦笑しながら、

「倉井くんが来ているから。ふたりを邪魔しちゃ悪いと思って」

と言った。

「ああ、そうでしたか。おふたり、仲が良いですね」

「そうですね。倉井くんは、本当にやさしい子です」

「一途《いちず》ですよね。素敵です」

私の言葉に、お母さんは少しだけ言葉をつまらせた。

「一途……そうですよね。ありがたいことだと思っています」

ふくみのある言い方に、何か思うことがあるのだろうか、と気を引き締める。田中さんのお父さんは、倉井さんに「別れてくれて構わない」と話していた。お母さんはどう思っているのだろう。

　私は、隣に腰をおろした。

「……本当に、結愛と倉井くんは仲が良かったんです」

　お母さんがボソボソと話し出す。私は、黙ってうなずいた。

「結婚が決まったとき、私も夫も大賛成でした。あんな素敵な子が家族になってくれると思うと、本当にうれしかった。うちはひとり娘だから、夫は息子ができるみたいな気持ちだったと思います。それが……こんなことになって」

　ふーっと息をはいて続ける。

「結愛のことは、この一年で少しずつ受け入れてきました。もちろんショックでしたけど、どんな状態になっても、かわいい娘です。動けなくても、しゃべれなくても、生きていてくれればいい。親なら、みんな同じ気持ちだと思います。だから、私と夫は、今の結愛を愛しています……でも」

　両手で顔をおおった。

「倉井くんを見ているのは、正直つらいんです」

　絞り出すような声だった。

　陽がかげり、窓から入ってくる風が少し冷たい。

「倉井くんを見ていると、元気だった頃の結愛を思い出します。私たちはもう寝たきりの結愛を受け入れたいのに、どうしても、倉井くんと一緒にいた楽しそうな結愛が目に浮かんできます。初めて紹介されたときの緊張した顔も、ケンカしちゃったと相談してきたときの悩んでいた表情も、プロポーズされたと報告してくれたときの潤んだ目も、一緒にウェディングドレスを選びにいった日のことも……倉井くんがいると全部思い出すんです。もう、もう二度と戻れない日のことを、彼は忘れさせてくれない……」

顔をおおった両手の指のすきまから、涙が流れてくる。私はティッシュをそっと渡した。お母さんは、はあーっと息をはいて、涙をぬぐう。

「すみません……。倉井くんは何も悪くないって、わかっているんです。結愛のことを大事に思ってくれていることも伝わっています。でも、もう別れてくれてもいい。見ているのがつらい。私と夫は、そう思っています」

しばらくお母さんは、真っ赤な目で、じっと黙っていた。

「結愛さんご本人が何を一番望んでいらっしゃるのか、ご主人と一緒にゆっくり話せるといいかもしれませんね」

私は、静かに伝える。

「結愛の望み……」

お母さんは、小さくつぶやいた。

「ちょっ！　ちょっと誰か来て！　早く！」

お母さんが談話室で涙を流してから数日たった日勤中。四人部屋から、ナースコールとともに大きな声がした。野原さんの声だ。隣の部屋の見まわりをしていた私は、何事かと慌てて廊下へ出る。ほかのスタッフも集まっていた。

「野原さん、どうしました？」

みんなで部屋へ駆け込むと、

「私じゃない！　結愛ちゃん！」

と野原さんは興奮していた。みんなでバッと振り返り、向かいのベッドにいる田中さんを見る。

田中さんはいつものように、ベッドを起こした状態で座って、目を開けていた。

「結愛ちゃんが！　私のこと見てたの！　いつもの無表情じゃない。ちゃんと意思のある目で、見ているのよ！」

後ろから、野原さんの声が飛んでくる。

田中さんの視線が、看護師の顔を追っている。

ひとりひとりを確認するように。

「……田中さん？」

おそるおそる近寄ると、田中さんが首を動かして私を見た。

「田中さん⁉　私のこと見えてますか！」

大きな声を出してしまった。

みんなの視線が集まる。

田中さんがじっと私を見つめてから、コクリとうなずいた。

ざわりと鳥肌が立つ。

「先生呼んで！　田中さん、意識もどってる！」

わあ！　とスタッフたちが驚き、あわあわと走り出した。

私はベッドサイドで田中さんの顔をのぞき込んだ。

「ここは、病院です。田中さんは、入院しています」

うるんだ瞳はちゃんと私のことを見ている。そしてまた、コクリとうなずいた。

「結愛ちゃん、すごい……すごいよ。よく頑張ったね」

向かいのベッドで、野原さんが泣いていた。林さんと手を取り合っている。みんな、同じ思いで田中さんを見守ってきたのだ。

大柄のモサッとした担当医が目を見開いて部屋に駆け込んできた。

「田中さん！」

顔をのぞき込む。田中さんの視線が、先生にうつる。

「僕は、あなたの担当医の三芳《みよし》といいます。見えていますか？」

三芳先生は、ゆっくりと顔の前で手をふった。田中さんは、その手を目で追う。そして、先生を見て、ゆっくりうなずいた。

先生は、すうーっと大きく息を吸って、一気にはいた。

「田中さん、本当に大変でしたね。何があったのか、ちゃんと説明します。その前に、ご家族に連絡してきますから、ゆっくりしていてくださいね」

そう言って、バタバタと部屋を出ていった。

田中さんは、きょろきょろと部屋を見渡していた。

一年ぶりに、意識を取り戻した眠り姫……。

私は、奇跡に立ち会ったのかもしれない。

「結愛！」

田中さんのご両親が病室に駆けつけた。お父さんはスーツ姿だ。仕事の途中だったのだろう。お母さんはほとんどすっぴんで、呼ばれて慌てて出てきたのがわかる。

田中さんは、ご両親を交互に眺めて、ひとつうなずいた。

「ああ、結愛！　わかるのか？　父さんと母さんがわかるか？」

田中さんは、また首をたてにふる。

お父さんが肩を抱き、お母さんは顔をおおって泣いた。

「よく目覚めたね、えらかった……よく頑張った……」

そこへ先生がやってきて、今後の検査などの説明をするため、ご両親を面談室へ連れていった。

脳が損傷したことは事実だから、目覚めても、事故の前と同じところまで回復することはほとんどない。後遺症のために、今後必要な治療やリハビリはたくさんある。ここからがまた、踏ん張り所になるだろう。

「ご両親、うれしいでしょうね……」

野原さんが、ヒョウ柄のパジャマのそでで涙をぬぐっている。

「ええ。意識がなくてもかわいい娘には変わりないでしょうけれど、やっぱり、うれしいですよね」

そのとき、バタバタと慌ただしい音がして婚約者の倉井さんが駆け込んできた。部屋の入り口で、手を膝にやって、はあはあと息をきらしている。

「姫のお目覚めですよ」

野原さんが声をかける。

倉井さんは、緊張した表情で、じりじりと田中さんのベッドへ歩み寄った。

「……結愛？」

田中さんは倉井さんを見た瞬間、目覚めてから初めて口を開けて驚いた表情をした。

そして、顔をくしゃっとして笑った。

「結愛！」

倉井さんが田中さんを抱きしめる。

「もう、心配したじゃないか！　よく……よく意識を取りもどしてくれた……。ありがとう。ありがとう、結愛……」

人目もはばからず大泣きする倉井さんに、田中さんがまた微笑んだ。

「しょ……」

「え、何？　なんか言った⁉」

思わず私もベッドサイドに駆け寄る。

「しょ……しょうた……」

私は、驚いて体をのけぞらせた。

しゃべった……田中さんがしゃべった！

「そうだ。翔太だよ。わかるか？　待ってたんだから……結愛が起きるの、俺ずっと待ってたんだから」

私は、三芳先生とご両親に伝えるために足早に部屋を出る。

ちらりと見えた野原さんは、タオルで顔をおおって泣いていた。


「本当に意識がもどることなんてあるんですね……」

引き継ぎで報告すると、遠野が驚いて言った。

「私も初めての事例だよ。正直、九十九％無理だと思ってた」

私たちがどんなに手を尽くしても、助からない方はたくさんいらっしゃる。逆に、医療者の力とは無関係に、突然回復する方もいる。生命の神秘、としか言いようのないことも起こる。

「愛の力、なのかなあ」

「え？」

「愛ですよ。ご家族の愛、婚約者の愛……」

遠野は、少しさみしそうに言った。遠野は、家庭や結婚に希望を持っていない。

「そういう愛には、友情も含まれるんじゃないの？　だから、遠野が今後家庭を持たなくたって、ちゃんとみんなの愛に包まれてるって」

遠野は、少し口をとがらせて、小声でつぶやく。

「卯月さんの愛は、全部松岡先生に向かってませんか？　私の分、余ってます？」

「ちょ！　なんで知って……」

遠野はニヤニヤと笑った。

「山吹さんに聞きました」

恋愛相談のその後、どうなったんですか？　と山吹から何度も連絡がくるから、病棟の先生とうまくいきそうだ、と返事をしておいた。そこから遠野へ伝わったとしか考えられない。きっと、ありえないほど尾ひれも背びれもつきまくっているのだろう。まったく、もう！　と笑ってしまう。

「山吹さんが、やっと卯月さんに春がきた、って喜んでいましたよ。恋愛の話になるとはぐらかされて、ちゃんと聞いたことなかったからって。今度ゆっくり聞かせてくださいね。卯月さん、いつもみんなの愚痴や悩みも全部聞いてくれるんですから、のろけくらいいくらでも聞きます」

「……ありがとう。じゃあ、今度語ろうかな。ほんとに聞いてくれる？」

冗談めかして言うと、遠野は「もちろんです！」と胸をはった。

後輩たちがどんどんたくましくなるな、とうれしい気持ちになる。私も、この子たちと手を取り合って、人として、そして看護師として、これからも頑張ろう。

「卯月さん、引き継ぎ終わったかしら」

突然、香坂師長から声がかかり、遠野が肩をびくりとさせた。

「終わってるなら、ちょっと話したいことあるから、面談室にいい？」

どうやら雑談していたことを怒られるわけではなさそうだ。遠野があからさまにホッとした顔をしたので、笑ってしまった。

でも、話って何だろう？

「すぐ行きます」

私は引き継ぎ忘れがないか確認してから、面談室へ向かった。

「ホスピス……ですか？」

「そう。まだ公表されていないから一部の人しか知らないんだけどね。うちの病院で、長期療養とは別に、もっと終末期の質の向上を目指してホスピスを作ろうという構想があってね」

ホスピスとは、終末期の患者さんに対して疾患による痛みや精神的な苦痛を緩和するための施設だ。身体的、精神的、社会的苦痛を取りのぞき、その人らしい最期を迎えるためのケアが提供される。

長期療養型病棟では、リハビリをして回復につとめる患者さんもいらっしゃる。でも、ホスピスは完全に終末期医療なので、延命治療はしない。回復を望むのではなく、安楽な終末に特化した施設になる。

「卯月さんはガンの専門看護師の資格もとったし、いつも患者さんのより良い終末についてしっかり考えているから、適任だと思うの。あなたさえ良ければ、起ち上げのスタッフに私は自信を持って推薦したい。……とはいえ、まだ構想の段階だからすぐに異動になるわけじゃないし、そういう道もあるかもしれない、くらいに考えておいてくれる？」

「わかりました」

病を持ちながらも健やかに過ごせることとはいったい何か、ずっと考えてきた。

長期療養型病棟の看護もとても好きだし、やりがいもある。

でも、自分のスキルアップのためにも、また専門看護師の資格を活かすためにも、考えてみてもいいのかもしれない。

着替えて病院を出ると、黄昏の空に満開の桜が映えていた。

びゅっと風が吹き、花吹雪が舞う。

私は風になびく髪をそのままに、空を仰いだ。


「ただいま」

テレビ台の上の、千波の写真に話しかける。

「隣に、飾ってもいいかな」

松岡先生と撮った写真を、千波の隣に置いた。

橘さんからは、まだ連絡がない。頭の中で山吹が「卯月さん、連絡のない男はナシ！」と叫んでいる。やっぱり今の私には、松岡先生くらいストレートな人のほうが安心できるのかもしれない。

「あのね、病院にホスピスができるかもしれないんだって。起ち上げメンバーとして行かないかって、言われたんだ。人生が前に進むときって、一気に変化するもんだね」

今やっているのとは、また違う看護になるだろう。延命治療を受けない患者さんたちは、みんな自分の死を受け入れて過ごしているのだろうか。思い残すことは、何もないのかな……。

スマートフォンを取り出して、松岡先生にラインをする。

【もしかしたら、ホスピスで働くことになるかもしれません】

メッセージはすぐ、既読になった。

【そうなんだ！　同じ病棟で働けないのはさみしいけど、卯月さんの力が必要なら、異動もありだね！】

先生はいつもポジティブだ。

アンちゃんが膝にのってくる。

「これから、どうなるんだろうね」

ゴロゴロとのどを鳴らす愛猫を撫でながら、そのままソファに寝ころんだ。

あとがき

デビューから一年、シリーズ三作目を送り出すことができました。デビュー時から応援してくださっている皆様、いつもありがとうございます。

そして『命の交差点』で初めて私の作品を手に取ってくださった皆様、はじめまして。少しだけ自己紹介をさせてください。

私は二十代から三十代にかけて十三年ほど看護師として働いていました。その頃から感じていた思いや葛藤、喜びなどを表現したくて、このシリーズを書きはじめました。

主人公、卯月咲笑には患者さんが死を意識したときに心残りに思っているもの、「思い残し」が視える能力があります。以前は患者さんのために「思い残し」を解消したい！ と奮闘していた卯月も、最近は積極的に動きません。それよりも目の前の患者さんに丁寧な看護を提供することのほうが大事だと意識しているからです。

今作で卯月は、自分の体調とも向き合うことになります。それは、私自身の経験に基づいたものでした。

看護師の仕事にも慣れてきた頃、自分に病気があるなんて全く考えず、軽い気持ちで検診へいったところ、医師からこう告げられたのです。「すぐに手術が必要です。入院する準備をしてください」。頭が真っ白になりました。

患者さんやご家族の健康を支える仕事なのに、自分のことは後回し。ないがしろにしていたら、大変なことになってしまった。私に限らず、看護師によくあることのような気がします。

それまで、患者さんへの病気の告知に付き添った経験は数えきれないほどありました。でも、自分が言われたのは初めてのことでした。すぐに命に関わる病気ではなかったもののショックが大きく、病院を出てひとりになるとポロポロと涙がこぼれました。

きっと何かの間違いだ。次の診察で「誤診でした」と言われるに違いない。いや、逆にものすごく重症かもしれない。「どうしてもっと早く来なかったんですか。手遅れです」と言われたらどうしよう。一度考えだすと悪いほうへどんどん引きずり込まれて、マイナス思考に陥っていました。

幸い、手術は無事に終わりました。麻酔から目を覚まして夫の顔を見たとき、心底ホッとしたことを覚えています。

入院してくる患者さんたちは、たくさんの葛藤や苦悩を乗り越えたり、頑張ってなんとか折り合いをつけたりしながら闘病していらっしゃる。そのことを実体験として学びました。それまでも丁寧に接していたつもりでしたが、自分の手術以降、より患者さんの気持ちに寄り添えるようになった気がします。

元気なときは忘れがちですが、健康は何にも代えられない宝物です。この本がご自身の身体にも向き合うきっかけになったら幸いです。

デビュー作からお世話になりどんなときも支えてくださる担当編集者の川村由莉子さん、シリーズを通して支えてくださる営業部の平嶋健士さん、プロモーション部の三枝響子さん、一作目から引き続き素敵なイラストで表紙を飾ってくださるイラストレーターのかないさん、デザイナーの野中深雪さん、関わってくださったすべての方に感謝いたします。ありがとうございました。

文春文庫

命《いのち》の交《こう》差《さ》点《てん》
ナースの卯月《うづき》に視《み》えるもの

定価はカバーに表示してあります

2025年5月10日　第1刷
2025年5月30日　第2刷

著　者　秋谷《あきや》りんこ
発行者　大沼貴之
発行所　株式会社　文藝春秋

東京都千代田区紀尾井町 3-23　〒102-8008
TEL　03・3265・1211(代)
文藝春秋ホームページ　https://www.bunshun.co.jp
落丁、乱丁本は、お手数ですが小社製作部宛お送り下さい。送料小社負担でお取替致します。

印刷製本・大日本印刷
Printed in Japan
ISBN978-4-16-792362-4

卯月シリーズはここから始まった！
重版続々、会心のデビュー作
『ナースの卯月に視えるもの』

号泣しました。様々な痛みを抱えて生きる人々を、
そっと包み込んで肯定してくれる優しい作品です。
新川帆立（作家）

あまりに切ない、なのに温かい。元看護師作家
ならではのリアルな会話や人生観がたまらない。
中山祐次郎（医師・作家）

元看護師が描く命の物語。
大人気シリーズ第二弾！
『ナースの卯月に視えるもの２　絆をつなぐ』

大切な人が病に倒れたとき、
あなたならどうしますか――

「感動の嵐！　なのに読後は心が温まる」（看護師Oさん）
「涙なしでは読めない」（看護学校教員Tさん）